紅葉先輩のイラストが入るまでは
皆さん思ってましたよね……。
「なんでお前なんだよ！」と
か思ってますよね……。
どうせ真冬は
出来そこない
の子なので
す……。R
PGキャラ
にたとえた
ら、序盤のパ
ティメンバーが
少ないうちこそ戦
もらえますが、回復魔法
メニュー画面でも活躍でき
なのですよ……。
とか、むしろやり込みの対象とされて
しまう、典型的な最弱キャラなのですよ……。
「真冬しか
に使えないキャラ
ないでクリア！」
生徒会の二心

「どさくさに紛れて、
なんで妙にエロティックな絵を
作ろうとしているのよ！」

俺の……ええと、こう、
エロエロな指が、
くりむの……ええと……その、
エロエロな部分に、
エロエロな動きで
迫ったり迫らなかったりする……
って、ここまでが妄想の限界です。
いろいろな意味で皆さんすいません……

生徒会の二心
碧陽学園生徒会議事録2

葵せきな

ファンタジア文庫

1420

口絵・本文イラスト　狗神煌

生徒会の二《ふた》心《ごころ》
碧陽学園生徒会議事録2

存在しえないプロローグ 5

第一話～冒険《ぼうけん》する生徒会～ 7

第二話～反省《はんせい》する生徒会～ 45

第三話～仕事する生徒会～ 73

第四話～休憩《きゅうけい》する生徒会～ 96

第五話～勉強する生徒会～ 128

第六話～揺《ゆ》らぐ生徒会～ 158

最終話～私の生徒会～ 203

存在しえないエピローグ 249

えくすとら～シリーズ化する生徒会～ 252

あとがき 292

【存在《そんざい》しえないプロローグ】

○《スタッフ》への通達

近頃《ちかごろ》、諸君《しょくん》らの干渉《かんしょう》成果に関して、《企業《きぎょう》》の上層部《じょうそうぶ》から疑問《ぎもん》の声が上がり始めている。仕事の性質上、明確《めいかく》な数字として諸君らの功績《こうせき》は測《はか》れるものではない。しかし、今期はあまりに《企業》への貢献《こうけん》が見られない。

《ヒューマン・ノィードバック・システム》の異変を指摘《してき》する声もあるにはあるが、活動状況《じょうきょう》を鑑《かんが》みるに、その可能性《かのうせい》は極《きわ》めて低い。つまり、言い訳はきかないということだ。

そのため、《スタッフ》の諸君らには、今一度危機《きき》感をもって、このプロジェクトにあたってもらいたい。

《学園》の空気に当てられ、気が緩《ゆる》んではいなかったか？

マニュアルに頼《たよ》りすぎ、柔軟《じゅうなん》な対応を忘《わす》れていなかったか？

自分達の立場や権力《けんりょく》を、過信《かしん》しすぎてはいないか？

子供《こども》を侮《あなど》るな。

諸君らの能力は確《たし》かに高い。この日本に君ら以上に人心《じんしん》を掌握《しょうあく》する術《すべ》に長《た》けた精鋭《せいえい》は存在しないだろう。

しかし、この年代の未熟《みじゅく》な子供の心を完全に把握《はあく》するというのは、優秀《ゆうしゅう》な諸君らだからこそ難《むずか》しい部分もあるのではなかろうか。

そして。

だからこそ、時に、あの生徒会に後《おく》れをとるのではなかろうか。

そこで《企業》は、この度《たび》、新たな打開策《だかいさく》を導入《どうにゅう》することを決定した。

その打開策とは——

【第一話～冒険《ぼうけん》する生徒会～】

「怖《こわ》くても、一歩踏《ふ》み出してみる勇気！　それこそが人類を繁栄《はんえい》させたのよ！」

会長がいつものように小さな胸《むね》を張ってなにかの本の受け売りを偉《えら》そうに語っていた。

俺《おれ》はそれを冷《さ》めた目で眺《なが》める。

この人……以前、生徒会長という現状《げんじょう》に満足してダラダラしてなかったか？　実際《じっさい》本質は、冒険なんて言葉とは無縁《むえん》な、極《きわ》めて保身《ほしん》的で真面目《まじめ》な性分《しょうぶん》だろうに。

どうせまたワン○ースでも一気《いっき》読みしたのだろう。分かりやすい人だ。

「生徒会も、既存《きそん》の生徒会と同じ活動ばかりしていちゃ駄目《だめ》だと思うの！」

会長が「自分は今立派《りっぱ》なことを言っているわ！」という確信に満ち溢《あふ》れた表情《ひょうじょう》をしながら、俺達生徒会役員に今日のテーマを投げかける。

対して、俺達役員……杉崎鍵《すぎさきけん》、紅葉知弦《あかばちづる》、椎名深夏《しいなみなつ》、椎名真冬《まふゆ》の四名は、既《すで》に会長の扱《あつか》いにも慣《な》れたもので、とりあえず「そうですねー」やら「さっすがー」やら言って、流していた。

……恐《おそ》ろしいものだ。最近では、頭の中で考える以前に口が動いている。

この、女の子を攻略《こうりゃく》することを生き甲斐《がい》とし、口先だけで生きている俺だけならまだしも、あの決して喋《しゃべ》り上手《じょうず》とはいえない真冬ちゃんでさえ、今となっては半眼《はんがん》で「そのとおりですー」と流しているぐらいだ。

会長……ある意味恐るべし。

さて今日も今日とて、ただ一人この「流し雰囲気《ふんいき》」に気付かない会長は、俺達のテキトーな相槌《あいづち》に気を良くして、ホワイトボードにテーマを大きく書き出した。ちなみにこの生徒会では「ホワイトボードに書いたら議題《ぎだい》確定」みたいな暗黙《あんもく》の了解《りょうかい》がある。

「……また面倒《めんどう》そうな……」

深夏が議題を眺《なが》めて、憂鬱《ゆううつ》そうに小さく舌打《したう》ちしていた。俺もホワイトボードの方に顔を向ける。

「……『生徒会の新しい活動を模索《もさく》する』、ですか」

「そう！　言われるままの仕事なら誰《だれ》でも出来るからね！」

会長が、また色んなところで聞き飽《あ》きた言葉を偉そうに言っている。

その時、恐らく生徒会役員の全員が思ったことだろう。

（いや、会長は今のところ通常の職務《しょくむ》さえ充分《じゅうぶん》にこなしているとは……）

それ以上はさすがに、心の声といえど自粛《じしゆく》した俺達である。……なんか、それ言っちゃおしまいな気がした。

会長の言葉を受けて、俺の目の前の席の知弦さんが「そうねぇ……」と思案するように呟《つぶや》き、全員の視線《しせん》が彼女に向けられる。

この生徒会、及《およ》び学校がこんな会長でもなんとかマトモに機能《きのう》してくれているのは、知弦さんがある程度うまいこと、軌道《きどう》修正やアイデアの矯正《きようせい》で舵取《かじと》りをしてくれるからだ。

知弦さん、さまさまである。

知弦さんは顎《あご》に綺麗《きれい》な指を添《そ》えて、スッとクールに目を細めた。そこに「悩んでいる」という印象はない。彼女が考え込んで沈黙《ちんもく》しても、周囲には妙《みよう》な安心感があるのだ。知弦さんなら、たとえ「核《かく》があと十分でここに着弾《ちやくだん》します！」と報告《ほうこく》されても、「そう」と優雅《ゆうが》に微笑《ほほえ》んで、いつものようにちょっと考えていい案を出してくれそうだった。

（それにしても……ああ、やっぱり、知弦さんもいいなぁ）

俺は密《ひそ》かに知弦さんが黙考《もつこう》する様子を見てウットリする。

いい。凄《すご》くいい。長いサラサラとした黒髪《くろかみ》をたまにそっとかきあげたり、真面目な表情で仕事のこと考えている様子なんて、正直《しようじき》かなりそそる。

（この魅力《みりよく》ばっかりは、現状、知弦さんの専売特許《せんばいとつきよ》だよなぁ）

知弦さんが考え込んでいる間、暇《ひま》なので俺も高尚《こうしょう》な思考を開始した。

今日の俺論文《ろんぶん》。


〈女子高生における「美人キャラ」の希少性《きしょう》について〉

二年B組　杉崎　鍵

俺、杉崎鍵は美少女フリークである。我《わ》が校の美少女は勿論《もちろん》のこと、近隣《きんりん》高校の美少女情報の仕入れにだって余念《よねん》はないし、無論、その恋愛《れんあい》対象は二次元の範囲《はんい》だって網羅《もうら》する。二次元どころか、最近では絵がつかない一般《いっぱん》小説にだって「萌《も》え」を見出《みいだ》すし、いや、それどころか、もはや「美少女」という言葉だけで一発——こほん。

とにかく、様々な美少女を見てきた俺だが、そんな俺のはじき出した統計《とうけい》の中に、こんなものがある。

「美少女はともかく、美人キャラというのは、高校生に求めるのは中々難《なかなかむずか》しい」

ということである。

可愛《かわい》い女の子というのはこのご時世《じせい》、かなり沢山《たくさん》いる。食生活がよくなったせいか、はたまたファッションや化粧《けしょう》が進化したせいかは知らんが、まー最近は芸能人と一般人の差が小さい。そこらの歌手・役者より可愛い一般人はごまんと見かけるし、クラスメイトよりレベル低くてもちやほやされているアイドルだって……。

さて。今やそれほど氾濫《はんらん》した「可愛い女の子」だが。

現在の俺の主《おも》な恋愛範囲である「女子高生」に絞《しぼ》って考えた際《さい》、可愛い子はたくさん見かけても、「綺麗だな」「大人だな」「フェロモンあるなー」と感じる……世に言う「美人系」っていうのを求めると、途端《とたん》に少なくなる。

あ、一つ注意しておくがっ！

俺の中の「美人」の基準《きじゅん》は厳《きび》しいぞっ！　おまえ、ちょっとセクシーなだけで美人と呼べると思ったら大間違《おおまちが》いだからなっ！　まったく……最近はその辺が分かってない男が多すぎるんだよっ。けしからんことだっ！

あのなぁ！　「美人」というのと、「年上に見える」っていうのは全《まった》く別物《べつもの》なんだよ！　ケバイのを「フェロモンある」とか言ってんじゃねぇ！　真の美人の魅力っていうのは、そういうんじゃねえんだよ！　露出《ろしゅつ》に頼《たよ》るのなんてもってのほかだ！

そう、だからこそ、俺はこう思うんだ。「女子高生に美人は少ない」と。

可愛い女の子が多いのは認《みと》めよう。それはそれで俺も大好きだ。会長みたいなロリ美少女だって、大大大大好物さっ！

しかし！　希少性の高さなら、知弦さんのような「美人キャラ」に勝《まさ》るものはない！

ちなみに、ここで「キャラ」をつけたのは、そこに「性格的にも」というニュアンスを付け加えたいからだ。

ただ外見が大人っぽいだけじゃ、「美人キャラ」ではないんだ！

中身が相応《そうおう》であってこその、「美人キャラ」及び「真の美人」なんだ！

最近の女子高生の外見が可愛いのは認めよう。しかし、中身が成熟《せいじゅく》した美人なんていうのは、逆に少なくなっているのもまた事実！　高校生という年代に限れば、この年でそこまで中身を磨《みが》くのは至難《しなん》の業《わざ》！

だからこそ、俺《おれ》、杉崎鍵は、ここに断言《だんげん》するのだ。

紅葉知弦ほど魅力的な「美人女子高生」を、俺は他《ほか》に知らない、と。


「以上、杉崎鍵がお送りしました」

「は？」

俺が考察《こうさつ》を終了し一息《ひといき》つくと、隣《となり》で俺の呟《つぶや》きを聞いたらしい深夏が首を傾《かし》げていた。

ふむ。この深夏は深夏で「真のボーイッシュ」という希少性の高い女子高生キャラであるのだが……これはまた次の機会に語ることにしよう。

俺は深夏に爽《さわ》やかに微笑む。

「いや、なんでもない。気にするな。いつものように生徒会を……俺のハーレムメンバーを脳内《のうない》で弄《もてあそ》んでいただけだから」

「気にするわ！　ちょっとした沈黙中にまでお前のエロ衝動《しょうどう》は抑《おさ》えられねーのかよ！」

「十六歳だからなっ！」

「十六歳の人間を全員巻き込むなっ！」

「まあ、俺の精力《せいりょく》が一般男子の三倍はあるのは、自他《じた》共に認めるところだがな」

「なぜ誇《ほこ》らしげにっ！」

「安心しろ、深夏。俺の精力による恩恵《おんけい》は、いつか必ずお前も得《え》ることになる」

「恩恵と呼ばれるものを、あたしは初めて拒否《きょひ》したいと思ったよ」

「素直じゃないなぁ、深夏は。ハッキリ言えばいいじゃないか。『鍵が欲《ほ》しい』と」

「『鍵が欲しい』」

「む」

本当に素直に言うものだから、意表《いひょう》をつかれた俺。

俺の動揺《どうよう》を見て、深夏はニヤリと微笑んだ。

「この学校の番長として是非《ぜひ》とも……」

「もう諦《あきら》めろよ！　まだ狙《ねら》ってたのかよ！」

　深夏はまだ俺を番長へと更生《こうせい》（？）させる野望《やぼう》を持っていた。……そういえば、あれ以来真冬ちゃんもボーイズラブにハマったままだし……。どうも、椎名姉妹《しまい》はかなりしつこい性格らしい。

　また「鍵盤連合《けんばんれんごう》」の話を持ち出されてもイヤなため、仕方なく俺は深夏を口説《くど》くのを諦めた。

　すると丁度《ちょうど》いいタイミングで知弦さんが顔を上げる。どうやら、会長の提案《ていあん》（生徒会の新しい活動を模索《もさく》）を具体的に詰《つ》め終わったらしい。

「まず、アカちゃんには、一応これだけ分かっておいてほしいのだけれど」

　知弦さんはそう切り出す。会長は可愛らしく首を傾げた。

「なあに？」

「世間ではよく『マニュアル通り』って、悪い意味で使われちゃう傾向《けいこう》にあるけどね。マニュアルって本来、先人《せんじん》……いえ、もっと身近な表現すれば、先輩《せんぱい》方が積《つ》み重ねてきた経《けい》験《けん》を元《もと》に纏《まと》めた、本当に大切な、珠玉《しゅぎょく》の知識集《ちしきしゅう》なの。

　だから、マニュアル通りに何かを遂行《すいこう》するのは決して悪いことじゃないし、アドリブや冒険を成功させる人間だけが優秀なわけじゃないのよ？　それはいい？」

「あ……う、うん。そう……だね」

知弦さんの言葉に、会長は今までの「思いつきだけの勢《いきお》い」を削《そ》がれて、頷《うなず》く。その様子を見守って、俺と椎名姉妹は感心していた。

（……相変わらず会長の扱いが物凄《ものすご》くうまいな……知弦さん。まるで、子供《こども》を優《やさ》しく導《みちび》く母親じゃないか）

頭ごなしに全《すべ》て否定《ひてい》するんじゃなくて、それとなーく軌道修正する知弦さんは本当に凄い。ああ……なんていうんだろう。母性《ぼせい》？　美人でありながら、そういうものも持ち合わせているんだよなぁ、知弦さんは。

それでいて、時折見せるドS《エス》な女王気質《きしつ》や、惚《ほ》れた相手に対する超独占欲《ちょうどくせんよく》といい、いちいちピンポイントだ。彼女の夫はどんな低能《ていのう》でも出世《しゅつせ》することだろう。

俺が熱い視線（性的な欲情二十パーセントも含《ふく》む）を送る中、知弦さんは会長に再び微笑みかける。

「じゃあ、その上で、考えましょうか。アカちゃん。新しい活動」

「あ、うん」

「そうそう、こういうのは、まずはブレインストーミングするのがいいんじゃないかしら」

「ぶ、ぶれ……」

会長が舌《した》を噛《か》みそうになっている。

俺の嗅覚《きゅうかく》が敏感《びんかん》に「萌えポイント」を感じとった。

「あれ、会長。もしかして、ブレインストーミングも知らないんですか？　生徒会長なのに？」

「う……」

俺の言葉に一瞬たじろぐ会長。更《さら》に追い討《う》ちをかける。

「一年の真冬ちゃんでも知ってるよね？　ブレインストーミング」

ボンヤリとしていた真冬ちゃんに話を振《ふ》る。唐突《とうとつ》だったせいか、「ふぇ？」と彼女が一瞬慌《しゅんあわ》てた素振《そぶ》りを見せたため、会長は元気を取り戻し、「杉崎。そんなのやっぱり普通《ふつう》は知らな——」と苦笑しようとしたが、その途中で、真冬ちゃんがそれを遮《さえぎ》った。

「ああ、はい、ブレインストーミングですよね。あの、自由に意見をたくさん出して、そこから結論《けつろん》を作り上げていくといいますか……ええと、質より量の精神《せいしん》で、批評《ひひょう》とかしないで、なんでもいいからアイデア出してー、みたいな議論方法でしたよね？」

「そうそう。さすが真冬ちゃん。伊達《だて》に一年で生徒会に入ってないね」

「えへへ。そんなことないです」

真冬ちゃんがはにかむ中……ちらりと、会長を眺《なが》める。

「…………」

汗《あせ》をダラダラかいていた。その様子に気付いた深夏が、ニヤリと顔を歪《ゆが》める。

「あれぇ？　会長さん、もしかして、知らなかったんじゃあ……」

深夏のその言葉にびくんと反応し、ぎこちなく胸を張るロリ会長。

「そ、そんなことあるわけないじゃない！　知ってるわよ！　ぶれ……ぶれ……」

「ぶれ？」

「ぶれ……みん……ぐ」

ごにょごにょと誤魔化《ごまか》すように呟く会長。……分かってない。絶対分かってない。というか、言葉自体、さっき初めて聞いたのだろう、これは。

いや、実際高校生なら知らなくてもそんなに不自然じゃない言葉なのだが……。まあ、今の会長にそんなことは関係あるまい。重要《じゅうよう》なのは、俺達《おれたち》四人が知っていたのに、自分だけ知らなかったという事実なのだから。

勝手に追い込まれている会長を眺めて、目の前では知弦さんが快感《かいかん》そうな顔をしていた。

今回は助け船を全く出さないあたり、本当に「会長遊び」のプロだ。

全員で会長をまったりと観察《かんさつ》していると、彼女は遂《つい》に開き直って大声を上げた。

「とにかく！　方法はともかく、会議を始めるわよ！　『アイデア出す方法を考えて時間を浪費《ろうひ》する』ことほど、無駄《むだ》なものはないんだからっ！」

逃げた。完全に、逃げた。さっさと自分の好きな話題に持っていこうという心がまる見えだった。

ただ、俺達もここまで来るとさすがにもう追撃《ついげき》はしない。会長は、じわじわと、やんわり、泣かない程度に追い詰めて楽しむのが正解《せいかい》なのだ。やりすぎちゃいけない。イジメはカッコワルイけど、軽いS行為《こうい》はよし、というのがこの生徒会のルール。大人のマナー。

こほんと会長が仕切りなおす。

「じゃあ、まずは私から一つ。生徒会の新活動」

一呼吸おいて、会長の提案。

「例えば、こんなのはどうかしら」

「なんですか？」

俺が訊《たず》ねると、会長は自信満々《まんまん》の様子で宣言《せんげん》する。

「放送部に協力してもらって、毎日昼休みに『今日の会長』というビデオ映像を――」

「却下《きゃっか》です」

「批評しないんじゃなかったの⁉」

つっかかってきたものの、俺だけじゃなく、生徒会役員全員が「却下」という目をしていたためか、会長は悔《くや》しそうにしながらも引き下がり、着席した。そうして、口を尖《とが》らせる。

「じゃあ訊《き》くけど、杉崎はなにかいい案あるっていうの？」

「よくぞ訊いてくれました」

会長のフリを受けて、俺は立ち上がる。全員の視線が集まる中、俺は胸を張って口を開いた。

「まずは、生徒会主催《しゅさい》による、『第一回美少女水着コンテスト』の開催をここに提案します！」

「却下だよっ！　私のよりよっぽど問答無用《もんどうむよう》で却下だよっ！」

会長がぎゃあぎゃあと騒《さわ》ぎ立てていた。他のメンバーを見回しても、全員、ジト目を俺に向けるばかりだ。……ふ、いいさ。この反応は、俺も予想済《ず》みだ。

俺は会長の顔の前で「ちっちっち」と人差し指を振る。

「甘いですね会長。却下するのは、早計《そうけい》だと思いますよ」

「なんですって？」

「会長……いえ、この生徒会メンバーにとって、この企画を軽く却下してしまうのは損《そん》だと言っているんです」

「どういう意味よ」

会長が首を傾《かし》げ、他のメンバーもキョトンと俺を見る。俺は邪悪《じゃあく》な笑《え》みを浮《う》かべ、彼女らに説明を開始した。

「いいですか？　コンテストと称《しょう》される以上、優勝者には賞品ないしは賞金が授与《じゅよ》されます」

「……まあ、そうね」

「重要なのは、このコンテストが『生徒会主催』であり、更に、生徒会が『選抜《せんばつ》された美少女の集まり』であるということです」

「……ハッ！　まさかっ！」

会長が仰《の》け反《ぞ》る。椎名姉妹《しまい》も目を見開き、知弦さんに至《いた》っては「ふ……そういうこと」と、俺と同様の邪悪な微笑《びしょう》を浮かべていた。

俺は、彼女らに高《たか》らかに宣言する。

「このコンテスト、生徒会メンバーが優勝する確率《かくりつ》は極《きわ》めて高い！　そして……優勝賞金や賞品は、俺達が決められる！　となれば……」

「す、好きなものが手に入ります！」

真冬ちゃんが興奮《こうふん》を抑《おさ》えきれずに叫《さけ》んだ。他のメンバーもそれぞれ、目に生気《せいき》が湧《わ》いてきている。ふ……もらった！

「どうでしょう、会長。水着コンテスト。いいと思いません？」

「う……。で、でもでも、そんな、私利私欲《しりしよく》のために予算を使おうだなんて……」

「なに言ってるんですか会長。当然の報酬《ほうしゅう》じゃないですか」

「とう……ぜん？」

「だって、美少女達が水着姿を晒《さら》すんですよ？　そんなもの、無償《むしょう》で提供《ていきょう》する理由が無い。この美少女集団たる生徒会ならば、充分、生徒達から会費を巻き上げる……というか、自分達のギャラとさせて貰《もら》う権利がありますよ！」

「う……今日の杉崎は妙に熱いわね。今にも合体ロボのパイロットになれそうな熱血度合《どあ》いだわ……」

当然だ。自分が美少女でない以上、俺の目的は賞品などではない。純粋《じゅんすい》に、美少女達のあられもない姿だ。そう。俺の真の目的とは……そこにある。

生徒会主催。このメリットが賞品や賞金選択《せんたく》の自由だけなんていうのは、フェイクだ。

俺の真の狙《ねら》いは……ずばり、盗撮《とうさつ》にある。

おっと、犯罪《はんざい》的なものだと思わないでくれ。あくまで、水着姿の撮影《さつえい》だ。着替《きが》えシーンを撮影しようなどという計画ではない。

ただ、不許可《ふきょか》であることは事実だ。この会長では、水着はよしとしても、撮影はさすがに拒否《きょひ》られてしまうだろう。

そこで、生徒会主催だ。俺が会場設営《せつえい》などの陣頭指揮《じんとうしき》をとることで……会場に盗撮のベストスポットを設営、そこに新聞部部長藤堂《とうどう》リリシアを潜《ひそ》ませて、美少女達の水着姿を思う存分撮影してやるのだ。そしてその写真を家でゆっくり……ふふふ。

藤堂リリシアの協力はすぐに得られるだろう。こう言えばいいだけだ。

「撮った写真での、『碧陽《へきよう》学園美少女グラビア集』の作製、販売《はんばい》を許可する」

それだけで、彼女と俺の利害《りがい》は一致《いっち》する。

完璧《かんぺき》だ。

完璧すぎる。

そう……。

「地の文と見せかけて実は喋《しゃべ》っていたという古典的失態《しったい》をてめぇがおかしてなければな」

「な、なにぃぃぃぃぃぃぃぃぃぃぃぃぃぃぃぃぃ⁉」

深夏の鋭《するど》い指摘《してき》。

というわけで、杉崎鍵の野望、完《かん》。杉崎先生の次回作をご期待ください。

「まあ、当然のようにキー君の提案は却下として……」

俺が泣き崩《くず》れている間に、知弦さんがとっとと話を進めていた。酷《ひど》い……酷すぎる。

水着が……生徒会室で延々《えんえん》と喋っているだけというこの地味《じみ》な物語じゃ、かなり頑張《がんば》らないと起こせない水着イベントが……。誰《だれ》だ、生徒会室を主な舞台《ぶたい》としやがったヤツ。お前、どうすんだよ。水着どころか、この分じゃ、私服描写《びょうしゃ》さえ出てこないぞ、この本。一巻はまだいいかもしれんが、二巻三巻となると、絵師《えし》さん困るし読者も飽《あ》きるじゃねぇかこの野郎《やろう》！

「水着……スク水……パレオ……ビキニ……レオタード……ヌーディストビーチ……」

「さて、キー君が例の如《ごと》くピンク脳内垂《た》れ流し状態《じょうたい》になっているけど、皆《みんな》、気にしないように」

『はーい』

なにやら知弦さんの号令《ごうれい》と、愛《あい》らしい少女達の声が聞こえる。しかし俺《おれ》は……それでも、まだ、起き上がる気力が湧《わ》かなかった。

「巫女《みこ》服……バニー……眼鏡《めがね》……ライダースーツ……他校の制服……ナース服……キャビンアテンダント……スパッツ……ブルマ……。ライトノベルなら出せよ……これらの要素《ようそ》、無理矢理《むりやり》でもいいから出してくれよぉぉぉぉぉ」

「はいはい、皆さん、キー君を見ない。雰囲気《ふんいき》的に可哀想《かわいそう》な空気あるけど、よぉく言っている内容反芻《はんすう》すると、現実と虚構《きょこう》の見境《みさかい》も無くなったただの変態《へんたい》ですからね」

『はーい』

また綺麗《きれい》に揃《そろ》った声が聞こえた。

なんかどうも俺無しでも話が進められてしまいそうなため、仕方なくもそもそと復活《ふっかつ》する。この生徒会じゃ、発言しないとすぐにキャラが薄《うす》くなってしまうのだ。主人公はやっぱり、ただの語り部《べ》じゃ駄目《だめ》なんだ。ちゃんと話に参加しないと。

俺の回復が終わった頃《ころ》、今度は、真冬ちゃんが「はい」と手を上げた。会長に当てられ、おずおずと提案してくる彼女。

「真冬は、生徒会で『お料理教室』がしたいです」

『………』

真冬ちゃんはその……陽《ひ》だまりのようなほんわか笑顔を浮かべていたが、他のメンバー達は生憎《あいにく》と無言だった。正直俺も、復活したはいいものの、どうリアクションしたものやら分からない。微妙《びみょう》なラインの、ボケともなんとも言えない感じだったのだ。

……ここにきて、生徒会メンバーは、ボケならボケ、シリアスならシリアスとハッキリ区分《くぶん》されない発言にとても弱いことが判明《はんめい》した。

その「とても微妙な空気」を察したのか、真冬ちゃんが「あわあわ」と急に慌《あわ》て出す。

そうして、提案の撤回《てっかい》。

「や、や、やっぱり違《ちが》くて！　え、えと、真冬は……その、あの、『テレビゲーム大会』とかしたいかなって……」

『………』

またとても微妙だった。「駄目だよ！」とかツッコミづらかった。ボケるなら、俺や会長ぐらいアレなことを言わないと、こちらとしても対応に困るのだ。……なんだこれ。新《あら》手《て》のキャラ殺《ごろ》しだろうか。

真冬ちゃん以外の皆の中で、アイコンタクトが乱《みだ》れ飛ぶ。

（び、微妙よね……真冬ちゃん）

(アカちゃんやキー君のは突飛《とっぴ》だったからこそツッコミが成立したんだもの。ブレインストーミングという前提がある以上、一定レベルを超《こ》えているボケである必要性があるのね)

(真冬は……天然《てんねん》ボケだけに、狙った発言は出来ねぇし、ムラがあるんだよなぁ)

(おいおい、誰か真冬ちゃんフォローしてあげようぜ。なんかもう涙目《なみだめ》だよ、真冬ちゃん)

(杉崎がフォローしなさいよ。副会長でしょう?)

(アンタ会長だろうが!)

(じゃあ会長命令《めいれい》)

(うわ、きったなっ!)

というわけで、俺がフォローに回ることになった。真冬ちゃんの瞳《ひとみ》には、既《すで》に水分が溢《あふ》れんばかりだ。……うぅ。イヤな役回りだな、おい。

「えと……真冬ちゃん」

「……えぅ。……あの……じゃあ、『漫画《まんが》貸し借り推進《すいしん》週間』とか、どうでしょう?」

「…………」

ごめん真冬ちゃん。正直、駄目だと思う。真面目な意見としても駄目だし、ボケとしても弱いと思う。今日のキミは完全に泥沼《どろぬま》だよ、真冬ちゃん。

……しかしっ！　そこから救い上げてこその「フォロー」！　この俺が去年一年間で培《つちか》った「超絶口説《ちょうぜつくど》きテクニック」を応用すれば、真冬ちゃんの表情《ひょうじょう》なんて一発で笑顔さ！

いざ、くらえ！　俺の熱い情熱トークッ！

〜三分後〜

「真冬は生まれてきてはいけない子だったのです……。人類の皆《みな》さん、ごめんなさい。平均点を落として、ごめんなさい。ごめんなさい。ごめんなさい」

真冬ちゃんは人相《にんそう》さえ変わってしまうほど暗い表情で、髪をだらりと垂《た》らしてぶつぶつと呟《つぶや》いていた。……あ、あれ？　おかしいな？　俺の「はげましトーク」のどこに不備《ふび》が……。

「鍵……あたし、お前のナンパが成功しない理由、また一つ理解《りかい》できたよ……」

深夏が隣《となり》で嘆息《たんそく》していた。知弦さんまで呆《あき》れた表情をしている。

「ある意味才能かもしれないわね……。うまくやればキー君、言葉で人を殺《ころ》せるわよ。夜神《やがみ》さんちのお子さんと対等《たいとう》に戦えそうよ」

知弦さんが、なんか喜んでいいのかよく分からない評価《ひょうか》をしてくれていた。

さて、真冬ちゃんがすっかり廃人化《はいじんか》してしまい、もう励《はげ》ましてもどうにもならない境地《きょうち》に至《いた》ってしまったため、「逆にもう気を遣《つか》わなくていいや」という結論に落ち着いて、会議を再開することにする。

とっても酷い生徒会な気がするけど、まあ、ポケポケ真冬ちゃんのことだ。こっちでワイワイ楽しそうにやっていれば、そのうちひょっこり……ピンポン玉の凹《へこ》みが熱湯でぽこんと直るように、徐々《じょじょ》に温《あたた》まって復帰することだろう。

「んじゃ、次あたしの番なっ！」

深夏がそう切り出す。……姉妹《しまい》だけに、真冬ちゃんの分を補《おぎな》おうとでも考えているのかもしれない。……いや、違うか。深夏はそんなに繊細《せんさい》な人間じゃない。その証拠《しょうこ》に……。

「あたしは、生徒会主催《しゅさい》で『天下一《てんかいち》武道会』の開催を提案するぜっ！」

なんて、趣味《しゅみ》丸出しの提案をしてきやがった。真冬ちゃんのこととか絶対関係ない上に、もう恐《おそ》らく真冬ちゃんのことなんて忘れている。彼女は活《い》き活《い》きとしていた。

「全校生徒でトーナメント戦組んで、誰が最強かを今こそ決定しようぜ！」

「決定してどうするのよ……」

会長の呟きに、深夏が唐突《とうとつ》に吠《ほ》える。

「そこ！　そういう指摘《してき》は禁止！」

「え？」

「最強を決めるのに意味なんて求めちゃだめだ！　そんなことしたら、この世の大抵《たいてい》の格《かく》闘《とう》漫画はストーリーがなくなるぞ！」

「う……それはそうかも」

「それに、強い人間のぶつかり合いっていうのは、それだけで充分エンターテインメントなんだ！　血沸《ちわ》き肉躍《にくおど》る戦いを楽しもうぜ！」

「深夏はこの学校をどうしたいのよ！」

「ああ、楽しみだなぁ。この学校のことだから、第一回戦から全員『気』や『念』や『能力』を使えて当たり前のレベルなんだろなぁ」

「うちの学校にそんな異常生徒はいないよ！」

会長が全力で否定《ひてい》している。が……俺は密《ひそ》かに、深夏の発言が実は結構《けっこう》真実味を帯《お》びていることに気付いていた。なんせこの前、全校集会で雷遁《らいとん》くらったからな……。案外うちの学校、美少女だけじゃなくて少年漫画系キャラも多いのかもしれん。怖《こわ》いから調べないけど。そっち側の物語には絶対巻き込まれたくない。

俺はそんなことを考えつつ、「そういえば」と深夏に質問をする。

「いっつも深夏は戦いを求めているようだが。当《とう》の深夏本人は、戦闘《せんとう》能力高いのか？　運動神経いいのは知っているけど、それと武道とはまた別だろう？」

「ん、そうだな。割《わり》と強いと思うぞ、あたし」

「どれくらい？」

「戦闘力九兆《ちょう》八千万」

「どういう基準《きじゅん》ではじき出されたんだよ、そのべらぼうな数字」

「鍵の戦闘力を一として、だな。鍵は、基本ちょっとした段差《だんさ》で死ぬ」

「俺弱《おれよえ》ぇ！　ス〇ランカー並《なみ》に弱ぇ！　そして深夏強《つえ》ぇ！　桁違《けたちが》いに強ぇ！」

「あたしが本気を出すには、周囲三万光年《こうねん》以内に住む生物が全《すべ》て避難《ひなん》したのを確認《かくにん》してからじゃないと……」

「お前さっさと地球から出てけぇー！」

「っていうのはまあさすがに冗談《じょうだん》で……」

「そりゃそうだろうよ……」

「本当は、五万光年以内の生物が退避《たいひ》してくれねぇと……」

「上方修正かよっ！」

「ま、こんなあたしでも、この学校ではトップ8にも入れねぇかもな……」

「うちの学校、どんだけ魔窟《まくつ》なんだよ！」

神話クラスの人間がゴロゴロいるのか、うちの学校は。……どんな学校だ。

まあ、そういうのはさておき、リアルに、武道会的催《もよお》しは悪くないかもしれない。生徒全員で何かを競《きそ》わせるというのは、やはり盛《も》り上がるものだ。元々《もともと》生徒会自体が人気投票なぐらいだから、生徒達も、こういうイベントは好きな方だろうし。

そう考えたのは俺だけじゃなかったらしく、会長が小さな胸の前で腕《うで》を組んで、「ふぅむ」と唸《うな》っていた。

「少なくとも水着コンテストよりは健全《けんぜん》よね……」

「そうだろう！」

深夏が嬉《うれ》しそうに頷《うなず》く。

「じゃあ、それはそれとして保留《ほりゅう》にしておきましょう。実際《じっさい》やるとなったらまた問題山積《やまづ》みだろうけど……とりあえずは、沢山《たくさん》意見出すっていう趣旨《しゅし》の会議だもんね」

「よっしゃ！」

深夏がガッツポーズをしていた。……珍《めずら》しい。深夏の意見が、まともに通るとは。ギャグ要素《ようそ》もあり笑いもとりつつ、なおかつ意見として優秀とは……。

こうなると心配なのは……。

ちらりと真冬ちゃんを見る。

「…………ずーん」

「うっ」

沈《しず》んでいた。姉がとてもいい意見を出したせいで、余計に沈んでいた。

「真冬は……真冬は、キ○グボンビーより忌《い》み嫌《きら》われるべき存在《そんざい》なのかもしれません」

「い、いや、真冬ちゃん。そんなことは……。ほら、可愛《かわい》いし！　可愛いは正義《せいぎ》だから！　少なくとも俺は大好きだから！」

「……ふふ。可愛い、ですか。そんなの……そんなのっ、第一形態《けいたい》の話でしょう！」

「第二形態あるの⁉」

「ないです」

「ないのかよ！」

「だから余計に真冬は出来損《そこ》ないの子なのです……。椎名一族で唯一《ゆいいつ》、第二形態に至れない子なのです……。キングボ○ビーでさえ、最近じゃ多形態に変身するというのに」

「じゃあ深夏は変身できるのか」

「戦闘力九兆八千万は伊達《だて》じゃないです……。真冬は……真冬の戦闘力なんて、どうせ、マイナス三十七ぐらいですよ……」

「相手が何もしなくてもパタリと倒れるのです。そして、相手に介抱《かいほう》されるのです」

「確かにマイナスだ！」

「うぅ……真冬はやっぱり、駄目《だめ》な子なのです。RPGキャラにたとえたら、序盤《じょばん》のパーティメンバー少ないうちこそレギュラーで戦闘に出して貰《もら》えますが、お姉ちゃんが加入したら即座《そくざ》に二軍落ちしてしまう子なのですよ。一人だけレベル低いままなのですよ。回復魔法《まほう》も使えないから、メニュー画面でも活躍《かつやく》できない、本格的に使えないキャラなのですよ……。『真冬しか使わないでクリア！』とか、むしろやり込みの対象《たいしょう》とされてしまう、典型《てんけい》的な最弱キャラなのですよぅ！」

「ああ、真冬ちゃんがどんどん自虐《じぎゃく》的に！」

知弦さんとは対照的に、どうやら芯《しん》からM《エム》気質なようだった、真冬ちゃん。薄幸《はっこう》が似合いすぎるというか。

「うぅ……真冬なんかっ……真冬なんかっ、新規《しんき》ヒロインが加入したら徐々《じょじょ》に影《かげ》が薄《うす》くなって、自然にフェードアウトしていっちゃえばいいんですよ！」

「壮絶《そうぜつ》だっ！　ライトノベルキャラにとって、一番壮絶な覚悟《かくご》だ！　死ぬわけじゃないから、見せ場もないという真の地獄《じごく》だ！」

「マイナスって何！」

「最初から、真冬は生徒会役員なんて器《うつわ》じゃなかったのですよ……。真冬には、X―F○LEでエピソードの最初に変死《へんし》する役目ぐらいが丁度《ちょうど》良かったのですよ！」

「それはなんか、実際その役やった役者さんにも少し失礼《しつれい》な気がするよ！」

「もう、真冬なんか放《ほう》っておいて下さい……。喫煙《きつえん》や飲酒が見つかった未成年アイドルの如《ごと》く、しばし出演を控《ひか》えさせて下さい……」

　真冬ちゃんはそう言うと、カタっと席から立ち上がり、どこに行くかと思えば、部屋の隅《すみ》に赴《おもむ》いて体育座りでしくしくと泣き出してしまった。

　会長や知弦さん、深夏と目を見合わせ……全員で一つ嘆息《たんそく》すると、とりあえず、真冬ちゃんは放っておくことにした。あれは逆に……迂闊《うかつ》に手を出すと、余計《よけい》に沈み込む状態《じょうたい》だ、もう。自然に浮かんでくるのを待つしかない。手は尽《つ》くした。

「じゃあ、そろそろ私の意見を言わせてもらおうかしら」

　気を取り直すように知弦さんが切り出す。満《まん》を持《じ》して、真打《しんうち》の登場といったところか。

　一瞬《いっしゅん》の沈黙《ちんもく》の後、知弦さんは不敵《ふてき》に微笑《ほほえ》んだ。

「私は、今のこの生徒会の在《あ》り様《よう》こそが、冒険《ぼうけん》だと思っているわ。だから、このままがいい」

「え？」

会長がびっくりしたように声を上げる。俺も、深夏も、そして部屋の隅で今まで落ち込んでいた真冬ちゃんさえ顔を上げて知弦さんを見た。

知弦さんは、ふわりと、微笑む。

「新しい活動を模索《もさく》するのは立派《りっぱ》なことだと思うし、正しいことだと思うけどね。だから、これは、ただの私……書記じゃなくて、紅葉知弦、一個人《いちこじん》としての感情というか、ワガママなんだけど。

もしその『新しい活動』とやらのために、生徒会がとても忙《いそが》しくなって、この今の状態が壊《こわ》れてしまうのなら……。私は、個人的なただのワガママとして、このままがいいわね。この生徒会は……今のままで充分、魅力《みりょく》的だと思うから」

「知弦……」

会長が複雑《ふくざつ》そうに彼女を見る。それに対しても、知弦さんはやはり笑顔だった。

「勿論《もちろん》、アカちゃんの意見はとても立派だと思うわ。生徒のためを思うなら、本当は、もっともっと身《み》を粉《こ》にして、生徒会として働《はたら》かないといけないのでしょうね。

でもね。私は……こんなことを言ったら不真面目《ふまじめ》だと思われるかもしれないけど、生徒会って、部活とかサークルみたいに捉《とら》えているの。気の置けない仲間達とわいわい楽しめる、そういう場所。

活動テーマとしては一応、生徒達の統率《とうそつ》を担当《たんとう》する集まりだけどね。本音《ほんね》を言わせて貰《もら》えば……私は別に、不特定多数の『生徒』を心から思いやって無償《むしょう》で働けるほど、できた人間じゃないわ」

「…………」

知弦さんの言葉に、皆が沈黙する。知弦さんの言っていることは、俺達にもあてはまることだから。ただ、会長が反論《はんろん》しなかったのは意外だった。普段《ふだん》だったら、「生徒達のこと第一よっ！　それが生徒会じゃない！」なんて正論を言うところだと思ったのだが。今は神妙《しんみょう》な顔をしたまま、知弦さんの話に耳を傾《かたむ》けていた。

知弦さんは続ける。

「生徒会が生徒会としてこなすべき業務《ぎょうむ》は……マニュアルに書かれたようなことは、当然こなすべきだと思うわ。そして、アカちゃんの言うように、その上で新しい何かを作るべきなのかもしれない。

だけどね……。私は、別に、新しい活動に関しては、今無理をしてまでするべきことじゃないと思うの。無理っていうのは……私達の今のダラダラしたペースを崩《くず》してまで、っってことね」

「でも……ダラダラしてるのなんて、そんなの、不真面目っていうか……」

会長がようやく反論する。しかし、知弦さんはそれでも微笑んでいた。

「そうね。不真面目よね。生徒会室で世間話《せけんばなし》なんて……本当は、しちゃいけないのかもしれない。

でも、私は今のこの生徒会……そして学校の雰囲気《ふんいき》、大好きよ。楽しいの。何があるわけでもないのに、今のこの学校には、とても柔《やわ》らかい空気が満《み》ち満《み》ちているように感じられる。

去年の……去年の今頃には、こんな風《ふう》に思ったことなんてなかったわ。あ、勿論、去年の生徒会はとても優秀だったと思うけど。やっぱり、今年とは違ったから」

知弦さんが何かを懐《なつ》かしむように窓《まど》の外を見る。

そう、知弦さん、会長、深夏は、去年から生徒会役員だった。その頃は知弦さんと会長が副会長で、深夏が会計だったけど。そこに、生徒会長の姫椿《ひめつばき》りりんさん、書記の桃月小夜子《ももづきさよこ》さんが加わって、去年の生徒会が成り立っていた。

そういえば……姫椿会長は、とても有能で真面目な人だった気がする。俺はその頃生徒会じゃないから、直接喋《しゃべ》ったことは殆《ほとん》ど無かったけど。勿論、いい人ではあったのだけれど、生徒会主導《しゅどう》イベントを淡々《たんたん》と、そつなくこなしていっていた印象がある。

それはそれで生徒としては安心感があって良かったけど……確かに、今のような空気の校風では、なかった。なんていうか……もう少し、ピリッとしていた。全体的に。どちらが正しいということでもないだろうけど、姫椿会長の頃は、本当にここは「学校！」って感じだったかもしれない。

でも今は……。

「でも今は、この学校ってとても……なんていうか、温かいのよね。まるで、大きな家みたい」

知弦さんが続ける。

「前年を否定するわけじゃないの。でも……私個人としては、この雰囲気が好きなのよね。この……上に立つ生徒会からしてのんびりしていて、でも、その空気がちゃんと生徒にも伝播《でんぱ》していて、荒《あ》れるんじゃなくて、『ゆるく』なっているような……この、状況《じょうきょう》が」

「……そう」

会長は優《やさ》しげに微笑《ほほえ》んでいた。それに対し、知弦さんも笑いかける。

「だから、私はこのままがいいな、アカちゃん。変に……無理して、新しい何かを作り出そうなんてしなくて、いいんじゃないかしら。いえ、作るのが駄目ってわけじゃないのよ？　ただ……」

「……今はまだその時期じゃないってことね……知弦。そうね……ごめん。私、ちょっと焦《あせ》っていたかもしれない」

会長が珍《めずら》しく素直に引き下がった。その様子を見て、知弦さんが優しく微笑む。俺や深夏、真冬ちゃんも、肩《かた》をすくめて笑った。

深夏が大きく嘆息《たんそく》する。

「なんだよぉー。じゃあ今日の会議やあたしの提案、全部無駄《むだ》かよー」

「文句言わないの、お姉ちゃん。真冬なんて……存在自体が無駄なのですから……」

「うっ。真冬、お前まだ引き摺《ず》って……」

椎名姉妹のやりとりに会長と知弦さんがクスクスと笑っている。

俺はそんな彼女達に話しかけた。

「でも、会長、知弦さん」

「ん？　なに、杉崎」

「どうしたの、キー君」

「いつか、余裕《よゆう》が出来たら、新しい活動しましょうね。その……俺達らしい、ゆるーい企画でも」

俺のその言葉に、二人は微笑む。そうして、「当然よ」「そうね、キー君」と、彼女らしい言葉が返ってきた。

会長は「よっこらせ」とロリな容姿《ようし》に似合わない声を出しながら立ち上がり、ホワイトボードを消し始める。その背を見守りながら、俺は、知弦さんに笑いかけた。

「知弦さん」

「なに？」

「俺、知弦さんのことは、中身も大人な真の美人女子高生だ、なんて思っていましたけど……ちょっと、違ったかもしれないですね」

「あら。子供《こども》みたいな観念《かんねん》的な話をしたから、幻滅《げんめつ》されてしまったかしら？」

「いえ、違います。むしろ、もっと好きになりましたよ」

「どうして？」

「ううん……そうですね。知弦さんは、美人であり大人であると同時に、『可愛《かわい》い女の子』でもあるんだなぁって、思いまして」

「可愛い女の子って……」

珍しく、知弦さんが少し動揺《どうよう》していた。……案外、美人だなんだと言われるのは慣《な》れていても、年相応《そうおう》の『女の子』として扱《あつか》われるのには弱かったのかもしれない。

彼女は恥《は》ずかしそうに視線《しせん》を逸《そ》らしてしまう。俺は少し追撃《ついげき》してみた。さっきの知弦さんのモノマネをしてみる。

「『私はこの温かい空気が、だぁい好き♪　ずっと楽しいままがいいなぁ♪　うふ』」

「っ！」

「恥ずかしがらなくていいですよ……知弦ちゃん」

知弦さんの頬《ほお》がみるみる赤くなる。ただこれは……どうも、照《て》れというより……。

「……………ふふ。ふふふふふ。キー君……調子に乗るのもいい加減《かげん》にしなさい」

「ひっ⁉」

知弦さんの眼《め》が異様《いよう》な光を宿《やど》していた。

「いいわ。下僕《げぼく》が女王様を侮辱《ぶじょく》するとどういう目に遭《あ》うのか……今から、生徒達への見せしめとして、キー君の身に刻《きざ》んであげるわ」

「え？　知弦……さん？」

ごそごそと、生徒会室備《そな》えつけの棚《たな》から何か……俺の心の防衛《ぼうえい》システムのせいか、現実なのにモザイクのかかった怪《あや》しいアイテムをいくつも取り出し始める知弦さん。

いつの間にか、知弦さんからアイコンタクトされたのか、会長、深夏、真冬ちゃんが俺を取り押さえている。……え？

「ちょ……な、え、知弦さん？」

「うふふ。キー君。『いつか余裕が出来たら新しい活動しましょうね』って、言ったわよね？」

知弦さんが怪《あや》しい笑みを浮かべながら訊《たず》ねてくる。

額《ひたい》にジットリと汗が滲《にじ》む。

「い、言いましたけど……」

「ふふふ……。今がその時よ、キー君。生徒会の新活動……とくとその身に刻むがいいわ！」

「え、なにそのウィンウィン言っている物騒《ぶっそう》な機械……って、ちょ、やめ、ば、まさか、うそ、そんな、無理――ア――――ッ」

○本日の会議の結果発生した、生徒会の新活動
《杉崎鍵の＊＊＊を熱した＊＊＊で無理矢理《むりやり》＊＊＊することによって、なんと彼の＊＊＊が次の瞬間《しゅんかん》には＊＊＊と化しており、それに伴《ともな》い連鎖《れんさ》的に＊＊＊まで＊＊＊＊になるという惨劇《さんげき》が起こる上、更には――以下自粛《じしゅく》》

【第二話～反省《はんせい》する生徒会～】

「過去《かこ》の失敗を糧《かて》にしてこそ、我々《われわれ》は前に進めるのよ！」

会長がいつものように小さな胸《むね》を張ってなにかの本の受け売りを偉《えら》そうに語っていた。

ホワイトボードには既《すで》に今日のテーマが書かれている。俺達《おれたち》の了承《りょうしょう》も得ていないのに。

《第一回　生徒会大反省会》

どうやら今日も俺にとって面白《おもしろ》くない方向に話題が行きそうだが、既に会長がやる気まんまんなので、軌道《きどう》修正は無理だろう。

しかし、俺に代わって深夏《みなつ》が「えー」と不満の声をあげた。

「反省たって、まだ二ヶ月ほどしか活動してないじゃねえかー」

「深夏！　貴女《あなた》は去年から活動しているでしょうがっ！」

「い、いや、でも、今日のは『現生徒会』ということだろう？　だったら……」

深夏が如実《にょじつ》に嫌《いや》がる素振《そぶ》りを見せる。

そうそう、一応は先輩《せんぱい》であるはずの会長や知弦《ちづる》さんにも深夏が基本タメ口なのは、去年一年間の交流のせいらしい。……今の生徒会と違《ちが》って、去年の生徒会はとにかく熱い会議が多かったみたいだから、性格的なものも手伝って、敬語《けいご》など使っていられなくなったのだろう。

その反動か、今年の深夏はかなり真面目《まじめ》な会議を嫌う。今の生徒会が基本、とても緩《ゆる》い空気なせいもあるのだろう。こっちの居心地《いごこち》の良さに慣《な》れてしまったようだ。だから、今日の反省会なんて議題はもってのほかだったようだ。

深夏の不満顔に、会長がバンッと机《つくえ》に手を置いて怒《ど》鳴《な》りつける。

「そういう生温《なまぬる》い考え方が、現生徒会を堕落《だらく》させているのよ！」

「堕落って」

俺は思わず口を出す。いや……緩い生徒会だけど、流石《さすが》にそこまで言われるほど酷《ひど》くはないと思うのだが……。俺と同じく今年加入の真冬《まふゆ》ちゃんも複雑《ふくざつ》そうに苦笑していた。知弦さんはポツリと、「この空気の八割はアカちゃんの怠惰《たいだ》のせいだと思うけど……」と、密《ひそ》かに真実を突《つ》いていたが、会長に聞こえないようにしているあたりが優《やさ》しさだ。

会長は深夏から俺に視点《してん》を変え、再びバンッと机を叩《たた》いた。……この行動、いつも本人は「強く威圧《いあつ》的に」叩いているつもりなのだろうが、会長がやると、子供《こども》がダダをこねているようにしか、実は見えていない。妙《みょう》に微笑《ほほえ》ましい。

「杉崎《すぎさき》なんて反省点だらけじゃない！　むしろ、反省点以外が見当たらないじゃない！」

「俺の人格全否《ぜんぴ》定《てい》っすか」

「え？　どこか肯定《こうてい》するところあるの？」

凄《すご》く純粋《じゅんすい》に首を傾《かし》げられてしまった。……ひでぇ。

「や、あるでしょう。俺にだって、いいところ。ねえ？」

生徒会の他《た》メンバーに向かって訊《たず》ねてみる。すると、全員「むぅ」と唸《うな》り神妙《しんみょう》な空気になった挙句《あげく》、さっきまで会長に反対していたはずの深夏が、ぽつりと呟《つぶや》いた。

「反省会……すべきかもしれねぇな」

「うぉぉい！　なんだその急激《きゅうげき》な方向転換《てんかん》！」

「真冬も……杉崎先輩を見ていると、早急《そうきゅう》に反省会を開催《かいさい》する必要性を感じました」

「真冬ちゃんって、なにげに結構《けっこう》酷いこと言うよねぇ！」

「キー君は反省するために生まれて来たような子よね」

「そんな目的で生まれる悲しい子供がいてたまりますかっ！」

まずい。これは、前回の更生云々《こうせいうんぬん》と似た流れだ。俺にとってマズイ方向性だ。しかし……もう、反省会の開催はほぼ確定。こうなったら……。

俺は最後の手段《しゅだん》に出た。

「ああ、俺は反省点だらけさ！」

開き直り。これには会長も意表《いひょう》をつかれたようだ。目をぱちくりさせている。

「しかし、そんなことは俺が生まれた時からの、今更《いまさら》言うまでもない現実！　だからこそ、俺に反省を促《うなが》すことほど無駄《むだ》な時間はありません！　だったら、今日は俺以外のメンバーが反省すべきでしょう！」

「う……なんか説得《せっとく》力あるわね。自分を全否定してるクセに」

会長が俺に気圧《けお》されていた。知弦さんや椎名姉妹《しいなしまい》も、空気にのまれている。

俺はこの好機《こうき》を逃《のが》さず、さっさと会議を進めてしまうことにした。そう、マスターオブセレモニー……つまり司会者たる立ち位置を奪《うば》ってしまえば、話の流れは俺が制《せい》したも同然《どうぜん》！

「さしあたっては会長！　最高責任者たる貴女《あなた》が率先《そっせん》して反省をするべきでしょう！」

「うっ！」

俺がビシッと指差すと、会長は大きく仰《の》け反《ぞ》った。同時に、他メンバー達にも「確かに……」という空気が流れる。

俺は自分が完全に主導権《しゅどうけん》を握《にぎ》ったことを確信《かくしん》し、改《あらた》めて会議を続けることにした。

「では会長。まずは、会長自身が、自分の反省点と思うところをあげてみて下さい」

「わ、私の反省点？」

会長は腕《うで》を組んで「ふぅむ」と考え込み始める。会長なら……反省点なんて、山ほどあるだろう。他人たる俺がざっと思い浮かべただけでも、軽く煩悩《ぼんのう》の数は超《こ》える。今日は会長の反省点だけで時間を潰《つぶ》せるぐらいだ。

知弦さんも深夏も真冬ちゃんもそんなことを考えていたのだろう。それぞれ、たくさん思い当たる会長の反省点をただただボーっと思い浮かべているようだった。

そうして、たくさんありすぎるせいか、会長は五分ほどたっぷりと熟考《じゅっこう》し、満《まん》を持《じ》して俺に告《つ》げてきた。


「ないわね」


「どこまで自分に甘《あめ》ぇんだこのヤロォ――――――――――――――――！」

「わぁ！　杉崎がキレた！　急にキレた！　理由なくキレる現代の若者、怖《こわ》い！」

「理由ありまくりだわ！　古代の老人でもキレるわ！」

その証拠《しょうこ》に、知弦さんも深夏も、真冬ちゃんまで、額《ひたい》に怒《いか》りマークを浮かべていた。

皆《みんな》の様子を見て、「あ、あれ？」と首を傾《かし》げる会長。

「えと……なんか皆怒ってる？　どうして？　あ、ああ、私があまりに完璧人間《かんぺき》すぎて、ちょっと嫉妬《しっと》しちゃったのかなぁ？　ごめんね、やっぱり会長に選ばれるくらいだから、私って、欠点《けってん》とかないんだよねー」

《ピキ、ピキ、ピキ、ピキ》

生徒会室に、怒《いか》りのオーラが充満《じゅうまん》する。……ああ、俺も今分かったよ。確かに、反省会は必要だ。この……お子様会長は、そろそろ大人が教育してやらんといかん！　どげんかせんといかん！

「会長！　そこに正座《せいざ》しなさい！」

「は、はいっ！」

俺の態度《たいど》の急変に、会長はちょこんと真面目《まじめ》に、靴《くつ》を脱《ぬ》いで自分の椅子《いす》に正座しなおす。

俺は立ち上がり、会長を見下《みくだ》しながら教育を始めた。

「いいですか、会長」

「は、はい……」

「過去の失敗を糧《かて》にしてこそ、我々は前へ進めるのです」

「そ、それ、私の名言――」

「だまらっしゃい！」

「かの偉人《いじん》、聖徳太子《しょうとくたいし》は言いました。『人間、反省なくして月9出演《げつく》はありえない』と」

「ひぅ」

「絶対言ってないと思うけど……」

「だまらっしゃい！」

「ひぃ」

「時代考証《こうしょう》などどうでもいいんだ！　要《よう》は、『反省しろ！』ってことなんですよ！」

「じゃあ最初からそう言おうよ……」

「とにかく！　会長は反省すべきです！　反省なくして会長の未来はありません！」

「そ、そこまで言われるほど酷《ひど》いのかな……私」

「酷い！」

「言い切った！」

「オリ〇ン調べの『反省すべき生徒会長』ランキング、三年連続堂々《どうどう》の一位です！」

「オ〇コン、そんなことまで調べているの!?」

「杉崎鍵《けん》の中の『抱きたいロリ美少女ランキング』でもダントツで一位ですが」

「その情報は聞きたくなかった！」

「そんなわけで、会長は反省すべきなのです！　性的な意味でも！」

「まあ、そこらの教育というか調教《ちようきよう》は後々に回しますが……」

「私の未来真っ暗！　反省しても私の未来はないじゃない！」

「ではまず……そうですね。真冬ちゃんあたりから、会長の反省点を挙《あ》げてもらいましょうか」

そう言って、俺《おれ》は真冬ちゃんに話を振《ふ》る。彼女は「あ、はい」と、珍《めずら》しく特に動揺《どうよう》することなく、すんなり話に入って来た。……どうやら、会長の反省点という議題なら、驚《おどろ》くほど頭の中にストックがあったようだ。会長が「うわぁ」と落ち込んでいた。

知弦さんと深夏もそれぞれ自分の順番を待ちながら見守る中、真冬ちゃんがおずおずと立ち上がり、発言する。

「ええと、まずはですね……。うん、会長さんは、もうちょっと考えてから行動した方がいいと、真冬は思います」

「うぐ！」

いきなり鋭《するど》い攻撃《こうげき》だった。真冬ちゃん……やはり口撃《こうげき》力は高いな。

「なんていうか、会長さんの行動ってほぼ思いつきというか、思いついて二秒後には口にしている印象なんですよね……」

「性的な意味でも!?」

「うぐ……」

「かの偉人、エジソンは言いましたよ。『ボスを倒《たお》しに行くなら、充分レベルを上げてからにしろ』と」

「や、だから、絶対言ってないと……」

「そういう問題じゃないんです！　要は、なにかするなら、ちゃんと準備《じゅんび》しなさいってことなのです！」

「だから、それならそうと……。杉崎といい、偉人の名言捏造《ねつぞう》はなぜ必要なの……」

「会長さん！　ツッコミばかりしてないで、ちゃんと反省して下さい！」

「ツッコミを必要とする発言をする方にも問題があると思うのだけれど！」

「会長さん……。真冬は失望《しつぼう》しました。そんなにツッコミが重要ですか」

「重要だよ！　流したら、完全にカオスじゃない！　わけわからないじゃない！」

「わけわからないのは貴女です、会長さん！」

「絶対杉崎とか真冬ちゃんよ！」

「遂《つい》には責任転嫁《てんか》ですか……」

「移動してないわよ！　あるべきところに責任を求めているだけよ！」

「もういいです。真冬からはもう、何も言えることはありません……」

そう呟《つぶや》き、嘆息《たんそく》しながら着席する真冬ちゃん。

「え、なにその終わり方！　凄《すご》く私がワガママみたいじゃない！」

会長がなにか喚《わめ》いていたが、俺達の失望ムードは変わらなかった。まったく……これだから会長は……。

「や、だから、なんなのこの空気⁉　私、割《わり》とマトモな発言してるわよね？」

『…………』

「……なんかこの生徒会、たまに私を拒絶《きよぜつ》するわよね……」

会長は嘆息し、黙《だま》り込む。その様子を見て、今度は深夏が立ち上がった。

「じゃあ、次はあたしから言わせてもらうとするか……」

「今思ったのだけれど、これ、イジメじゃないかしら？　生徒会室で、今、イジメが発生しているんじゃないかしら」

「黙れ会長！　そういう『自分以外が全部悪い』みたいな精神が駄目《だめ》なんだぞ！」

「う……って、危《あや》うく反省しそうになったけど、今のはやっぱり私が正義なような……」

「黙れこの腐《くさ》れ会長め！　ケッ！」

「いくらなんでも酷いわよ！　っていうか、いよいよ先輩《せんぱい》に対する態度《たいど》じゃないわよそれ！　深夏！」

「うるせぇ！　反省しない先輩なんて、もう先輩失格なんだ！　留年《りゅうねん》どころか、降年《こうねん》すべきなんだよ！」

「なにその新システム！　怖いわ！　降年、怖いわ！」

「そうなりたくなければ反省しろっ！」

「う、うぅ……」

会長が嘆《なげ》く中、深夏がこほんと咳払《せきばら》いし、仕切りなおす。

「あたしが会長さんに反省を求める点は、まず、その軟弱《なんじゃく》なお子様容姿《ようし》だ」

「いきなり理不尽《りふじん》なっ！　容姿から入るなんてっ！」

「肉食べろ、肉！　もっとムキムキと屈強《くっきょう》な体格を目指せ！　生徒会長だろ！」

「会長になったら女を捨《す》てなきゃいけないの!?」

「女にだってボディービルダーはいるんだぞ！」

「会長がそうなる必要性はまるで感じないけどねぇ！」

「まったく。いいか、よく聞け会長さん。かの偉人、楊貴妃《ようきひ》はこう言った。『女たるもの、プロテインとジム通いは欠《か》かしてはいけないぜぇっ！』と」

「絶対言ってない上に、楊貴妃のキャラまでおかしい気が……」

「黙れ！　アンタはツッコミしかすることがねぇのかっ！」

「誰《だれ》かさん達がボケまくるせいでねぇ！」

「やれやれ……こりゃ駄目だ。救いようがねぇ」

そう言って深夏が着席する。会長は「だからなんなのこの空気！　アウェーだわ！　生徒会長なのに、生徒会室がとてもアウェーだわ！」とまた騒《さわ》いでいた。

まったく反省の素振《そぶ》りを見せない会長に、遂《つい》に真打《しんうち》……知弦さんが立ち上がる。

知弦さんはサラリと長い髪《かみ》をかきあげ、スッと冷たく目を細めて、会長を睨《にら》みつけた。

「アカちゃん……貴女《あなた》には失望したわ」

「ち、知弦まで……」

「かの偉人、ベジー○は、よくこう叫《さけ》んだものよ。『カ○ロットォォ！』と」

「だからなに！」

「つまり、アカちゃんは自分の行動をよく省《かえり》みて、この生徒会及《およ》び学校を、よりよい未来へと導《みちび》くべきという意味よ」

「『カカ○ットォォ！』にそんなに深い意味は絶対ないよ！」

「遂《つい》にはベジ○タ否定ですか……」

「べ○ータはいいよ別に！　彼を否定はしないよ！」

「まさか、ラ○ィッツ派《は》なのかしら」

「何派でもないよ！　特定のサ○ヤ人に思い入れは全くないよ！」

「ナ○ック星人萌《せいじんも》えとは、またマニアックな……」

「なんの話題⁉　これ、なんの話題⁉」

「鳥○明は天才だということを語るのでしょう？」

「違うわよ！　今日の議題は反省会よ！」

「ああ、確かにGTは蛇足《だそく》という見方もあるわね。しかしあれはあれで……」

「ド○ゴン○ールの反省じゃないよ！　っていうか何様《なにさま》⁉」

「あら。仕方ないわね……。そんなにジャ○プネタがイヤなら、サ○デーにする？」

「少年漫画《まんが》はもういいよ！　今は——」

「今は？」

「私の反省点を語りなさいよ！」

「了解《りょうかい》」

「あ」

知弦さんがニヤリと笑う。会長は蒼白《そうはく》な表情になっていた。

……完全に誘導《ゆうどう》されていた。自分から自分の反省点を求めたことによって、その話題に関しては完全に受け容《い》れざるをえなくさせられていた。知弦さん……相変わらず、会長の扱《あつか》いが超一流《ちょう》だ。

知弦さんが微笑み、会長がぶるぶると震《ふる》え出す。

「さてアカちゃん。自分でその話題を求めたからには、真摯《しんし》に受け止める覚悟《かくご》は出来ていると見ていいのかしら？」

「う、うぅ……」

「いいのかしら？」

「い、いいです……」

会長が完全に怯《おび》えながら答える。知弦さんはそれを聞いて満足そうにすると、早速《さっそく》会長の反省点を指摘《してき》し始めた。

「まずアカちゃん」

「はい……」

「もうちょっと体にメリハリが欲しいわ」

「やっぱり理不尽《りふじん》よぉぉぉぉ！」

会長が泣き崩《くず》れてしまった。が、ドSモードに入った知弦さんは止まらない。……会長の苦しむ姿って、Sじゃない人間にさえ中毒性《ちゅうどくせい》あるからな……。

「私の趣味《しゅみ》的にはその幼児体型《たいけい》も大好きなのだけれどね。生徒会長らしい、という観点《かんてん》から見ると、どうしても威圧感《いあつ》には欠けるわよね」

「私にどうしろと……」

「牛乳を飲むのよ、アカちゃん。そして、転倒《てんとう》して派手《はで》に顔から浴《あ》びてしまい、カラーイラストになるのよ」

「どさくさに紛《まぎ》れて、なんで妙にエロティックな絵を作ろうとしているのよ！」

「ほら、キー君なんてどこからか早速牛乳を用意してきて、凄《すご》くキラキラした目でこちらを見つめているわよ」

「杉崎はそういうことになると仕事早いよねぇ！」

俺《おれ》は既《すで》に牛乳をスタンバっていたが、会長にバッと奪《うば》われ、普通《ふつう》に全部ゴキュゴキュと飲み干《ほ》されてしまった。……うぅ、サービスシーンが。白濁《はくだく》にまみれたロリ少女という、なんか凄く背徳《はいとく》的かつ読者を獲得《かくとく》出来そうな絵が。

「あらあら、アカちゃん。そんなことしたら……ほら、キー君泣いちゃったじゃない」

「男の涙軽いわねっ！」

「まあ仕方ないわ。体のメリハリに関しては諦《あきら》めましょう」

「ではアカちゃん。せめて制服をもっと挑発的《ちょうはつ》にしましょうか。某《ぼう》セレブ姉妹《しまい》が着ていそうなものを……」

「そんな格好《かっこう》で生徒会長が闊歩《かっぽ》している学校って、どうなのよ！」

「エキサイティングだわ」

「そんな一言ですまさないでよ！」

「ほら、キー君も大喜びよ！　制服調達《ちょうたつ》のため、早速知り合いのコスプレ愛好家《あいこうか》に連絡《れんらく》をとっているみたいよ！」

「やめなさいそこのエロ副会長！」

会長に携帯《けいたい》電話を没収《ぼっしゅう》されてしまった。……ああ。ああああああああ。

「あらあら。キー君号泣《ごうきゅう》ね」

「男の涙大安売りねえ！」

「ふぅ。仕方ないわね。キー君サービスも兼《か》ねた、アカちゃんの反省点のピックアップだったけど……どうもこの方向性じゃ、アカちゃんは意地《いじ》でも受け容れないようね」

「当たり前でしょう！」

「じゃあ、今度は精神的な面でいきましょうか」

「そうよ！　そういうのが普通――」

「アカちゃん。心が子供《こども》よ。もっと大人になりなさい」

「いきなり核心《かくしん》ついてきたぁ――！　今までがギャグだっただけに、妙《みょう》にグサッと来たわ！」

会長は大《おお》いに動揺《どうよう》していた。知弦さんが、温《あたた》かい眼差《まなざ》しで言葉をかける。

「アカちゃんは、やれば出来る子なんだから」

「なんか本格的に教育が始まったわ！　同級生から、母性《ぼせい》的な目で見られているわ、私！」

「そのためにはアカちゃん。まずは、社会をその身で感じる必要があるわね」

「しゃ、社会？　ああ、アルバイトとかしてみるってこと？　なるほど、それは確かに一理《いちり》あるかも――」

「そう？　なら早速、駅前に行って、スカート短くして、暇《ひま》そうに佇《たたず》んでみるのよアカちゃん。そのうち脂《あぶら》ぎった中年のオジさんが『三万円でどう？』とか声かけてくると思うから、あとはそれに従《したが》えば、一発で大人の階段を――」

「知弦は私の友達よねぇ!?　親友なのよねぇ!?　時々私、知弦との友情に全く自信がなくなるんだけど！」

「当たり前じゃない、アカちゃん。私達は親友よ。やーねー。こんなジョークに本気になるだなんて……」

「知弦……」

「今のは冗談《じょうだん》よ。安心して、アカちゃん。アカちゃんの体を他人に汚《けが》させるわけないじゃない。もう。……汚していいのは、私だけなんだから」

「跳《と》び越《こ》したよ！　なんか今の発言で、親友の域《いき》を跳び越したよ！」

「大丈夫《だいじょうぶ》。マリア様は今、他のライトノベルを見ているから」

「意味が分からないわ！」

「まあ、それも冗談として……」

「知弦って、どこからが冗談なのか全く分からないのよね……」

「あら、アカちゃん。そんなの簡単《かんたん》よ」

「え？」

「アカちゃんと接している時の私は、基本的に全部偽《いつわ》りよ」

「友情があっさり壊《こわ》れた！……私、もう、人が信じられないかも……」

会長がガックリとうなだれる。それを見て、知弦さんが「そう！」と叫んだ。

「それよ！　それが社会の厳《きび》しさよ、アカちゃん！　簡単に人間を信じたら痛《いた》い目にあうという教訓《きょうくん》よ！」

「！　こ、これが……」

「やったわ、アカちゃん！　貴女《あなた》はまた一つ、大人になったわよ！」

「お、大人に？　え、えへへ。……えーと、なんか、素直に喜びづらいけど……」

「これでアカちゃんの反省点は、残り七千九百五十一個に減《へ》ったわ！」

「もう殺してぇー！　そんなに私が会長であることに文句《もんく》があるなら、もう首を刎《は》ねればいいのよぉぉ――――――！」

遂に会長はおいおいと泣き出してしまった。……可哀想《かわいそう》に。……反省点の数は訂正《ていせい》する気にならないけど。

生徒会室に会長の泣き声だけがこだまする。さすがに見かねたのか、仏《ほとけ》のように優しい真冬ちゃんが立ち上がり、会長の背後まで移動、ぽんとその肩《かた》に手をおいた。

「大丈夫ですよ、会長さん。反省点は多くても、会長さんにはそれに負けないぐらい、いいところも沢山《たくさん》あるのですから」

「ぐす……。……真冬ちゃん……」

会長が鼻をすすりながら顔をあげる。真冬ちゃんは、天使のような笑顔を見せた。

「大丈夫です。真冬も会長さんの欠点は五千二百三十六個ほど思いついてしまいましたが、ずっとずっと必死で考えた結果、なんと、会長さんには、合計で二つほどいいところもあると真冬は結論しましたから」

「うわあああああああああああああああああああん」

会長はトドメを刺《さ》されて号泣しだしてしまった。真冬ちゃんが「あ、あれ？」と戸惑《とまど》っている。……真冬ちゃん。励《はげ》ますならせめて、反省点の数よりいいところの数を多く設定《せってい》するぐらいの配慮《はいりょ》はしようよ……。まあ、純粋《じゅんすい》な真冬ちゃんらしいといえばらしいけど。

それだけに余計タチが悪い。

会長が今にもリストカットしかねないぐらい本気で泣いているので、さすがの俺達も気まずくなってくる。

真冬ちゃんのフォローをしようとでも思ったのか、よせばいいのに、深夏まで会長を励まそうと動いた。

「だ、大丈夫だ会長さん。鍵の反省点なんて、二千個はあるぜ！」

「私より少ないじゃないのよぉ――――！」

「い、いや、それは、その……。……そうなんだよなぁ。鍵、エロという点では群《ぐん》を抜《ぬ》いて駄目人間だけど、それを除《のぞ》けば割と完璧《かんぺき》人間なんだよなぁ」

「うわぁぁぁぁぁん！　私は杉崎にも劣《おと》るんだぁ！」

「あ、いや……会長さんはその、単純に、どこが凄《すご》く悪いというよりは、え、えと、総合的に能力低いというか、総《そう》じて平均以下というか……」

「うわぁぁぁぁぁぁぁぁぁぁぁぁぁぁぁぁぁん！」

深夏がぽりぽりと頭をかく。そうして、「ごめん、やっぱタッチ」と俺に全てを丸投げしてきた。……どうしろと。姉妹で散々《さんざん》コテンパンにした会長を、今更どうしろと。

俺は「あー」と唸《うな》り、しばらくいいフォローを考えたものの……先日、下手《へた》に俺がフォローを意識《いしき》すると逆効果だということが真冬ちゃんによって証明されたことを思い出し、仕方ないので、もう直球で行くことにした。

もうどうなっても知らん！　これで会長が余計に落ち込んだって、もう俺には責任とれないからなっ！　と、心の中で叫んだ後、会長を見据《みす》える。

俺は「会長」と声をかけ、顔を上げた彼女の赤くなった目に視線《しせん》を合わせた。

そうして、一つ咳払《せきばら》いし、告《つ》げる。

「会長は可愛《かわい》い」

「…………ふへ？」

「どんなに駄目《だめ》人間でも、可愛ければ許されます。少なくとも俺《おれ》、杉崎鍵にとっての会長の可愛らしさは、七千九百五十一個の欠点なんて補《おぎな》ってあまりあるどころか、大幅《おおはば》にプラスに傾《かたむ》くって話です」

「な、なによそれ。そんなの……結局、容姿《ようし》だけってことじゃない……。私なんて……ただの嫌《きら》われ者なんじゃない……やっぱり」

やはり会長はあまり回復しなかった。

……分かってたさ。どうせ俺の言葉なんて薄《うす》っぺらだ。しかし……それでも俺は、最後まで続ける。

「なにが不満だと言うんですか」

「え？」

「欠点が沢山あっても、それでも好きだと言って貰《もら》えることの、どこが悪いというんですか」

「杉崎……」

「俺はたまたま容姿って観点《かんてん》で語ってますけどね。他のメンバーだって同じですよ。それこそ、会長の欠点なんて、何千個という単位で皆思いついてしまいます。でも……誰か、一言でも、会長のことが嫌いだなんて言った人間がいますか？」

「そ、それは……」

「じゃあ話を変えましょう。会長は……会長は俺のこと、嫌いですか？」

「え？　そ、そんなの——」

「悪いですけど、今回は真面目《まじめ》に答えて下さい。勘違《かんちが》いとかしませんから」

「…………」

俺の真剣《しんけん》な眼差《まなざ》しに、会長は少したじろぎ……しかしそれでも、そっぽを向きながらだったけど、ぽつりと返してくれた。

「き、嫌いじゃないわよ……別に」

頬《ほお》が赤くなっている。普段なら「萌《も》えー！」とか叫び出してしまっているところだが、今回はさすがに自粛《じしゅく》。俺は平静《へいせい》を保《たも》って、ニコリと柔《やわ》らかく微笑《ほほえ》みかける。

「ありがとうございます。でも俺こんなだし……って自分で言うのもアレなんですけど。欠点とか反省点とかで見たら、会長からしたらボロボロ悪口出てくるでしょう？」

「と、当然よ！　杉崎の欠点なんて、挙《あ》げ始めたらそれだけで高校生活終わるわっ！」

少しだけ元気になった会長が胸を張る。微《かす》かにイラッと来たが、まあ、それも今は無視《むし》。

「でも、それでも会長は俺のことを好きと言ってくれる」

「す、す、好きなんて言ってないじゃない！　き、嫌いじゃないって言っただけよ！」

「ええとじゃあ、まあ、それでいいです。会長は、俺のこと、嫌いじゃない。……たくさん悪口が思いつくのに」

「あ……」

「それと同じですよ、会長。まあ、俺から会長への感情は、『嫌いじゃない』よりもっと強い、『大好き』ですけどね。……そういう感情に、欠点だのなんだのって、関係ないんですよ。それは、皆《みんな》同じです。俺と意味は違っても、皆、会長のこと『大好き』なのは間《ま》違《ちが》いないですよ」

「杉崎……皆……」

会長がぐるりと周囲を見渡《みわた》す。知弦さんも椎名姉妹《しまい》も、温かい視線を会長に向けていた。

「まあ、色々と反省すべきことはあると思いますけどね。会長も、俺も、それに皆も。だからと言って、欠点の数や得意なことの数だけが、その人間の全《すべ》てじゃない。だから会長。会長は自信持っていいと思いますよ？　たくさん欠点あるのに、それでも皆に好かれるって、それは尋常《じんじょう》じゃない才能ですよ。誇《ほこ》って下さい」

俺のその言葉に、会長はグッと袖《そで》で涙《なみだ》を拭《ぬぐ》う。

皆でその光景を温かくしばし見守っていると、会長が顔をあげ、満面の笑みを見せた。

「え、えへへ！　や、やっぱりね！　私は生粋《きっすい》の生徒会長なのよ！　私ほど生徒会長に向いた人間は、そうはいないのよ！」

　ダンッと椅子《いす》の上に立ち上がる。そうして、高笑い。

　復活した。完全に、復活していた。

　ふぅ。良かった良かった。これで一件落——

「あはははははは！　そうよね！　私が会長に相応《ふさわ》しくないわけないよね！　やー、なにを血迷《ちまよ》っていたんだかっ！　だって人気投票よ、人気投票！　私が一番人望《じんぼう》あるってことじゃない！　そうよ！　知弦や杉崎が私の欠点を何千個とか言うのも、全部妬《ねた》みってことよね！　そうよそうよ！」

《ピキ、ピキ、ピキ、ピキ》

　……うざかった。

　非常に……会長は、うざかった。復活した途端《とたん》、やはりうざかった。

　生徒会室に再《ふたた》び怒《いか》りのオーラが漂《ただよ》い始める。知弦さんも真冬ちゃんも深夏も、全員、机《つくえ》の下で拳《こぶし》を握《にぎ》りしめていた。

　そうだ……忘れていた。やはり、好きだとか嫌いだとかの問題じゃなかった。

　この人にはもう一つ才能があるんだ。他人の神経を逆撫《さかな》でするという、絶対的な才能が。

だからこそ……だからこそ、反省させるべきだったのに！　なに慰《なぐさ》めてんだ俺！　あれでよかったじゃないか！　落ち込ませたまま、放《ほう》っておけば良かったじゃないか！　いや……違う。これも会長の才能か。真《しん》に困《こま》っていると、誰《だれ》もが手を差し伸《の》べずにはいられない可愛らしさ。

その結果……。

「あっはっは。そっかー。皆、私が大好きなのかぁー。やー、困ったなぁ、人気者は辛《つら》いよねー。普通に考えたら、欠点が千個単位であるわけなんてないもんねー。どうして、ただの妬み、僻《ひが》みによる暴言《ぼうげん》だって気付かなかったんだろう。なんかごめんねー。真《ま》に受けちゃって。そうだよねー。私に悪いところなんて、これっぽっちもないものねー」

『…………（プチッ）』

臨界点《りんかいてん》に達した。

会長以外の全員が一斉《いっせい》に、ゆらりと立ち上がる。

会長が無邪気《むじゃき》に「うん？　どうしたの、皆？」と首を傾《かし》げた。

そんな会長に……俺達は、同時に怒鳴《どな》りつける！

『そこに座りなさい！』

＊

——その日の反省会は異例《いれい》の深夜まで及び、最終的には桜野《さくらの》くりむに、

「私は生徒会長として間違っておりました。今後は誠心誠意《せいしんせいい》、生徒のために尽《つ》くさせていただく所存《しょぞん》でございます」

と号泣しながら言わせるまでに至った。

しかし……副会長、杉崎鍵を始めとする生徒会メンバーは翌日《よくじつ》、驚《おどろ》くべき光景を目にする。

「過去を振り返ってばかりじゃ駄目《だめ》！　だって、時は前にしか進まないのだからっ！」

生徒会室で、椅子の上に立ち上がって力の限りそんなことを叫んでいる会長を目撃《もくげき》した時、生徒会メンバーは深く溜息《ためいき》をつき……そうして、諦《あきら》めた。

（あぁ、なんか、もういいや）

現代の若者らしく、育児《いくじ》放棄《ほうき》である。

というわけで。

今日の桜野くりむの反省点……七千九百五十三個（緩《ゆる》やかに増加中）。

【第三話～仕事する生徒会～】


「力を伴《ともな》わない正義《せいぎ》は、真《しん》の正義とは呼べないのよ！」

会長がいつものように小さな胸《むね》を張ってなにかの本の受け売りを偉《えら》そうに語っていた。

というか、軽く悪役《あくやく》の言葉っぽかった。

俺《おれ》は嘆息《たんそく》し、「まあ気持ちは分かりますけどね」と呟《つぶや》く。

「最近の、部費《ぶひ》への不満の声に関しては、確かにちょっと滅入《めい》りますからね……。力を振《ふ》りかざしたい衝動《しょうどう》は、凄《すご》くよく分かります」

長机《ながづくえ》の上に散《ち》らばった無数の嘆願書《たんがんしょ》の一枚を手に取る。男子テニス部からの嘆願書だった。例の如《ごと》くアレな内容だったので、力なく朗読《ろうどく》する。

「『無我《むが》の境地《きょうち》に至《いた》りたいから、部費を増やせや、生徒会』ですって」

俺の言葉に、目の前で他《ほか》の嘆願書を眺《なが》めていた知弦《ちづる》さんが疲《つか》れたように笑う。

「無我の境地は、絶対にお金の問題じゃないと思うのだけれど」

「知弦さんの見てる嘆願書は？」

「ああ、こっちは男子バスケ部よ。ただ一文、『安西《あんざい》先生……バスケが……したいです』とだけ……」

「勝手にしなさいよぉ────────!」

急に会長がキレた。知弦さんの手元の嘆願書を奪《うば》い取り、ビリビリと破《やぶ》く。……見つかったら問題になる行為《こうい》(嘆願書の破棄《はき》)だったが、とりあえず、生徒会メンバーは誰《だれ》も会長を注意はしなかった。

会長が親の仇《かたき》のように何回も男子バスケ部の嘆願書を破る音が響《ひび》く中、今まで黙々《もくもく》と嘆願書に目を通していた椎名《しいな》姉妹《しまい》が、二人同時に、疲れたように息を吐《は》いた。

「どうだった?」

深夏《みなつ》と真冬《まふゆ》ちゃんに尋《たず》ねてみる。二人とも、力なく首を振った。

深夏が首筋《くびすじ》を揉《も》みながら、こちらに顔を向ける。

「どれも全部似たようなもんだぜ。相変《あいか》わらずの、勝手なワガママだ。そのくせ、予算を編成《へんせい》した生徒会を、まるで悪の親玉《おやだま》かのように……」

その言葉に、真冬ちゃんが続いた。

「予算は年度初めに決定して、その時は各部活とも納得《なっとく》してくださったはずですのに……。ど、どうして、こんなこと言うのでしょう。真冬は……なんか、悲しいです」

沢山《たくさん》の勝手な意見を見て、真冬ちゃんはすっかり心が折《お》れてしまっているようだった。

俺は「ちなみに……」と切り出す。

「どんな感じの要望《ようぼう》があったの？」

俺の問いに、まずは深夏が「それがよぉ」と答えてきた。

「あたしは運動系の部活を見たんだがな……」

「ああ」

「野球部。『南《みなみ》を甲子園《こうしえん》に連れて行く。……だから金下さい』」

「そこは自分の力で連れて行けよっ！」

「サッカー部。『中田《なかた》を探しに行きたい。旅費《りょひ》下さい』」

「見つけてどうするんだよ！　そっとしておいてやれよ！」

「女子バドミントン部。『翼《つばさ》を下さい』」

「羽《はね》で満足できなくなったの⁉」

「そして陸上部に至っては、『ドーピング用のクスリが高くて手が出ません』なんて」

「どうしてその嘆願書が通ると思ってんだろうなぁ、陸上部！」

「はぁ……」

深夏がぐったりとうなだれる。

続いて、真冬ちゃんが「私は文化系の部を見たのですが……」と呟いた。

「文化系まで来てんの？」

「はい……。運動部と違《ちが》って、そんなにイレギュラーな要因《よういん》で部費がかさむことってなさそうなんですけどね……」

「で、どんな感じの要望？　文化系はさすがに、ちょっとはマトモな嘆願書あるんじゃない？」

「そ、それが……」

真冬ちゃんは一息《ひといき》いれて、苦笑しながら話し始めた。

「まず、例の新聞部ですが。『ＮＡＳＡに取材行く』と、要望じゃなくて、断言《だんげん》されてしまっています……」

「学校新聞が宇宙の領域《りょういき》に踏《ふ》み込む必要がまるで分からないな……」

「つづいて、漫画《まんが》研究会ですが、『夏コミに行きたぁい♪』らしいです」

「『殺《ころ》すぞ♪』と返しておいて」

「ミステリ研究会は、『完全犯罪《はんざい》を成《な》し遂《と》げるトリックを思いついたのだけれど、三億ほどかかります。なんとかならないものでしょうか？』と」

「今すぐ活動停止《ていし》させよう。日本のために。世界のために」

「あ、それとゲーム部が、『次世代機《じせだいき》ー！』と唸《うな》ってます！」

「そもそもゲーム部が成り立っているのがおかしくないか!? 学校の目をかいくぐって発足《ほっそく》したとしか思えないぞ！」

「あぅ。……その……これは、真冬も部員です……」

「工作員かっ！ 生徒会に潜《もぐ》り込んでいたのかっ！」

「い、いえ、その、ま、真冬は……ただの会計ですから」

「財布預《さいふあず》かってんじゃないか————！」

「え、えと……。まあ、それはいいとしまして……」

「流したっ！」

「『田中部《たなか》』さんからも、嘆願書が来ていますね」

「？ 田中部？ なんだそれ？」

「えと……『田中姓《せい》が集まって、駄弁《だべ》る部』らしいですよ」

「うん、とりあえずその部は今までの部費を全額《ぜんがく》返してもらおうか」

「あの、『鈴木部《すずき》』もありますけど……」

「この学校の部活審査《しんさ》はどこまで緩《ゆる》いんだよ！」

「他《ほか》にも、やけに部費を浪費《ろうひ》する『セレ部』とか、妙《みょう》に偉《えら》そうな態度《たいど》で接《せっ》してくる『幹《かん》部《ぶ》』とか、夢見がちな人達が集まった『空を飛部《とぶ》』等《など》があるようですが……」

「うん、分かった。我《わ》が校の部活腐敗《ふはい》は末期《まっき》のようだね」

なんか日本の政治の縮図《しゅくず》みたいな惨状《さんじょう》だった。

まあ、生徒会も生徒会で、緩い活動をしているわけだけど。別に学校の金使って何かしているわけじゃない分、いい方だろう。

ふと気付くと、俺達の会話を聞いていたのか、会長がワナワナと震《ふる》えていた。長机さえも、会長に共鳴《きょうめい》してカタカタと震え出している。

そして……。

「こうなったら、妙な活動している部は、この際《さい》、生徒会権限《けんげん》で一斉《いっせい》に廃部《はいぶ》にするっ！」

いじけた子供《こども》のようにそんなことを言い出す会長。まあ、気持ちは分かるが……。

俺や椎名姉妹が顔を見合わせていると、知弦さんが、「アカちゃん」と、いつものようにたしなめてくれた。

「私もちょっと今の状況《じょうきょう》はどうかと思うけど。でもアカちゃん。無理矢理《むりやり》な手段《しゅだん》をとってしまうのは、もうちょっと解決《かいけつ》方法を模索《もさく》してからでもいいんじゃないかしら？　余計《よけい》な反感を買うのもイヤでしょう？」

「う……そ、そうね」

会長はいつものように、知弦さんに諭《さと》されてシュンとする。しかし、今回はそれでも口を尖《とが》らせていた。

「でも……知弦。そうは言っても、やっぱり、こんなの話し合いの余地《よち》ないんじゃないかしら」

「あら、どうして？」

「だって……部活って、基本は皆《みんな》、『好きで』やっていることでしょう？　趣味《しゅみ》の延長《えんちょう》……っていうのは言いすぎかもしれないけどさ。今回の嘆願書もそうだけど、人間って、自分が没頭《ぼっとう》することに関しては、凄《すご》くワガママになるもの」

「アカちゃんが生徒会長という役職《やくしょく》に没頭しているのと同じように？」

「う……。こ、こほん。と、とにかくっ！　こういうのって、変にこっちが妥協《だきょう》するっていうか、譲歩《じょうほ》したら、むしろ駄目《だめ》なんじゃないかしらっ！　余計につけあがっちゃうと思うわ、私はっ！」

会長にしては、なかなか考えた発言をしていた。俺達も「ううむ」とそれぞれ考え込む。

会長の発言にも一理《いちり》ある。ま、王道《おうどう》の部活……野球部やら新聞部やらなんていうのは別として、さっきの……「ゲーム部」やら「田中部」なんていうのは、まんま、趣味集団といった印象だ。そこに予算なんてやれるか、という感情も理解《りかい》出来る。ましてや、追加予算など……。

しかし、碧陽《へきよう》学園の売りは「生徒の自主性に任《まか》せた、自由な校風」だ。生徒会の選出システムだってその理念《りねん》からだし、現在の生徒会権限《けんげん》の大きさ（単純比較《たんじゅんひかく》できるものじゃないが、役員ともなれば一教員程度の発言力は持つ）もそうだ。

結果、この学校では確か……五人以上の部員が集まって、一ヶ月に一度活動レポートを提出《ていしゅつ》さえしていれば、部費が下りる仕組《しく》みになっていたはずだ。ちなみに、研究会やら同好会なんていうのは、この学校では名前ばかりだ。実際《じっさい》は、ただの響《ひび》きで名称《めいしょう》を決定しているため、これらにもきちんと部費が出ている。

とはいえ……。

「でも会長。明らかに内容が勉学や成長に結《むす》びつかなさそうな部に関しては、部費も、それなりに低かったと思いますけど。あと、活動レポートがちゃんとしてないと、部費も削《さく》減《げん》されるから……」

だからこそ、今までは変な部があっても、そんなに問題にはならなかったのだ。不真面《ふまじ》目《め》な活動をしていれば、それ相応《そうおう》の部費しか下りない。

俺の言葉に、会長は「そうだけど……」と、まだ不満そうにしていた。

「微々《びび》たる金額《きんがく》でも、『部費が下りている』っていう事実が、私は気に食わないの」

「あー……ま、分からないじゃないですけど」

「金額の問題じゃないのよ。ただ遊びたいだけの生徒達に、学校が……私達の学費で成り立っている学校がお金を出すというのが、なんか凄《すご》く気に食わないのっ！」

「まあ……そりゃ、そうですけど」

俺《おれ》なんかは、そこらは、「妥協点《だきょう》」だと思うのだけれど。会長の基準《きじゅん》はもうちょっと厳《きび》しかったらしい。……相変わらず、他人に厳しく、自分に甘《あま》い会長さんだ。

会長の言葉に、深夏が「確かになぁ」と乗っかってくる。

「大手の部活だって、ちょっと問題あるぜ？　あたしはほら、よく運動部に助《すけ》っ人《と》として顔出したりするんだけどさ。特に女子の一部運動部なんて、酷《ひで》ぇもんだぜ。まぁ、素人《しろうと》のあたしに助っ人依頼《いらい》する時点で、部活レベルは推《お》して知《し》るべしって感じなんだけどな。

それ以前に、その競技《きょうぎ》が好きで入ってるっつうより、『友達が入ってるから』とか、『なんとなく暇《ひま》だし』とかの理由で入っているやつ多いからな……。真面目な生徒以外、ずっと体育館やグラウンドの端《はし》っこでくっちゃべっている……なんてことも多いな」

「深夏はそれ、ちゃんと注意しているでしょうね？」

「いや。会長さんには悪いけどさ。あーいうのは、注意して直るもんじゃねえよ。『うざーい』って言って、はいおしまい。や、だからって、注意しなくていいっていうのも駄目な気はするけどな。あたしって、助っ人や生徒会役員であっても、友達や部活メンバーじゃねえからさ。外野《がいや》がぎゃあぎゃあ言って引っ掻《か》き回すことでもねーかなと思って」

深夏はそう言いながらも、しかし、複雑《ふくざつ》そうな顔をしていた。……勘違《かんちが》いされがちだが、深夏は、人間関係にとても敏感《びんかん》だ。俺と理由は違えど、「皆幸せになったらいいのに」なんて考えているのかもしれない。だから、逆に身動きが取り辛《づら》くなることもしばしばあるようで。

会長もそこら辺は分かっているようで、特に、「注意しないと駄目じゃない！　副会長なら！」なんてことは言わなかった。しかしそれでも……生徒会室には、なんとなくやるせない空気が漂《ただよ》ってしまっていた。

真冬ちゃんや知弦さんが「この空気どうにかしてよ、キー君（先輩《せんぱい》）」というアイコンタクトをしきりにしてくるため、仕方なく、俺は話題を少し逸《そ》らすことにした。

「と、ところで、会長は何か興味《きょうみ》ある部活はなかったんですか？　確か会長、高校生活では全く部活動に所属《しょぞく》していませんでしたよね？」

「ん、ええ、そうね。私には、生徒会あるからね」

「でも、役員だからって別に規制《きせい》とかなかったでしょう？　現《げん》に真冬ちゃんは『ゲーム部』に所属していますし」

「そうだけど……。なんか、私に合う部活っていうのもピンと来なかったし。そういう杉《すぎ》崎《さき》だって、部活やってないでしょ」

「あー、まあ、俺の場合は本当にそれどころじゃないですからね……。勉強に、バイトに、生徒会に……」

「あ、ごめん」

なんか変な空気になってしまった。

「え、えーと……。俺はほら、このハーレムが一番居《い》心地《ごこち》いいですからねっ！　性欲《せいよく》に生きるんです！」

「……まあ、いいけど。そういえば、深夏や知弦も特定の部活やってないね」

会長がそう振ると、二人は同時に頷《うなず》く。

「あたしは、特に好きっていう運動がねーんだよな……。一つに絞《しぼ》り込んでやるよりは、満遍《まんべん》なく、好きな時に、好きなように運動してーからさ」

「私の場合は、アカちゃんと似たような理由ね。今ひとつ、興味の持てる部活動がなかったから」

それを聞いて、ふと、このいつも何事《なにごと》にもクールな知弦さんの「興味あること」っていうのが気になり、俺は思わず訊《たず》ねた。

「じゃあ、知弦さんの興味あることって？　例えば、どういう部活があったら入りたいですか？」

「え？　そうねぇ……。うん、『SM倶楽部《クラブ》』なんて入ってみたいわ」

「すすき野《の》に部室が存在《そんざい》しそうですねぇ！」

「S行為《こうい》をして、その上お金が貰《もら》えるなんて……ああ、いい仕事かも。私、進路希望は『女王様』って書こうかしら」

「担任《たんにん》からの呼び出しは確定ですね」

「他には……『紅葉《あかば》ファンド部』とか」

「ファンドじゃないですかっ！　既《すで》に部でさえないじゃないですか！」

「出資者を募《つの》り、株《かぶ》等で稼《かせ》いで、還元《かんげん》する。私にぴったりの部よね」

「部費もらってやることじゃねえ！」

「十万くれれば、半年で十倍にして返すわよ？」

「知弦さんの場合、本当にやりそうだから怖《こわ》いわ！」

「あとは……そうね。地〇防衛《ぼうえい》軍ならぬ、『地球侵略部《しんりゃくぶ》』とかも……」

「なんで人類の敵《てき》に回るんですかっ！　貴女《あなた》はそんなに刺激《しげき》が欲しいんですかっ！」

「刺激のない人生なんて、タバスコをかけない納豆《なっとう》と同じよ」

「普通はかけませんよ！」

「キー君、性欲は立派《りっぱ》なのに、冒険心《ぼうけんしん》が足りないわねぇ」

「っ！　な、なんかそれは男として微妙《びみょう》に傷《きず》つきますね……」

知弦さんの失望した表情に、俺は微妙にいたたまれなくなってくる。そうこうしていると、真冬ちゃんが「そういう先輩《せんぱい》は……」と首をかしげた。

「なにか興味ある部活とかないんですか？」

「うーん……。そういや、俺、中学の時も帰宅部だったからな……」

「そうなんですか？　なんか意外ですね。凄《すご》く活動的な印象あるのに」

「ああ、いや、中学の時は、単《たん》に義妹《いもうと》が……」

「義妹さんが？」

「……いや、なんでもない」

「な、なんかとても気になる伏線《ふくせん》なのですけど……。とりあえず、いいです。じゃあ、小学生の時も、何もしてなかったんですか？」

「うん、そうだよ。あの頃は、単純《たんじゅん》に、放課後に真面目に部活動やるよりは、友達と好きなことして遊んでいたかったからだけどね」

「それはちょっと、杉崎先輩らしいかもです。スカートめくりとかしてそうです」

「それを『らしい』と言われると、いくら俺でも軽く凹《へこ》むよ……」

「あとあとっ、真冬の勝手な印象ですけど、杉崎先輩の中学時代在籍《ざいせき》した部活が『女子にモテたいから軽音部《けいおんぶ》』とかだったら、キャラがぶれなかったのですが……」

「いくら俺でも、そんなにわかりやすい人生じゃないよ！」

「なんか、がっかりです。私が執筆《しっぴつ》を進めているボーイズラブ小説も、ちょっと設定を変えなければいけませんよ。もう」

「俺が怒《おこ》られるの⁉」

「最近執筆した章で、過去に軽音部で一緒《いっしょ》だった美少年が出てきて、杉崎先輩と中目黒《なかめぐろ》先輩の仲《なか》をかきまわすシーンがあったのに……」

「いいかげんその小説の執筆やめようよ！　いじめだよ！　軽くいじめだよそれ！　あと、中目黒先輩って誰《だれ》！　俺は誰とくっついてるの！」

「中目黒先輩は、眼鏡《めがね》で華奢《きゃしゃ》な美少年です。女の子みたいな顔なのです。杉崎先輩が美少女と間違って声をかけてしまったことをきっかけに出逢《であ》ったのです。

　対照的《たいしょう》な性格の二人なのですが、ある日杉崎先輩が、中目黒先輩がいじめられている現場に遭遇《そうぐう》し、面倒《めんどう》に思いつつもついつい助けてしまいまして。中目黒先輩はとても真面目でお優《やさ》しい方なので、なにかお返しがしたいと言うのですが、美少女以外には素直じゃな

SUGISAKI

い杉崎先輩は、ぶっきらぼうにそれを断《ことわ》ったりするのです」

「なんか妙にリアルだ！　ありそうだ！　極《きわ》めて自然な流れの話だ！」

「はふぅ。……あの章の杉崎先輩の名台詞《めいぜりふ》、『美少女以外には、見返りは求めねぇんだ』には、真冬も痺《しび》れました」

「自分で書いたんだよねぇ！」

「ちなみに次の章は、風邪《かぜ》で倒《たお》れた杉崎先輩を、なにか恩返《おんがえ》ししようと献身《けんしん》的に看護《かんご》する中目黒先輩の姿《すがた》が非常に『萌《も》え』でして、さすがの杉崎先輩も、殆《ほとん》ど徹夜《てつや》でかいがいしく働く中目黒先輩に、遂《つい》に少しだけ心を開くという、これまたいい話なのですよ」

「妙に凝《こ》りすぎだよその小説！　すぐくっつくわけじゃないのが、なんか余計《よけい》にリアルだよ！　いたたまれないよ！」

「当然です。真冬は、濡《ぬ》れ場《ば》より、過程《かてい》を重視《じゅうし》するのです！　そこに至る過程が希薄《きはく》なボーイズラブなど、真《しん》のボーイズラブにあらず！」

「真冬ちゃん……。正直、キャラが確定しないのは君の方だよ……」

一巻の第一話だけ読んだ読者の誰が、今のこの真冬ちゃんの壊《こわ》れっぷりを予想しただろうか。大人《おとな》しくひ弱なキャラのポジションだったのに……。今や軽く腐——

「駄目《だめ》です杉崎先輩！　それを言ったら、なんか駄目です！」

「遂にはこっちの地の文まで読めるようになったかっ！」

真冬ちゃんの進化は、とどまるところを知らなかった。

さて……なんの話だったか。すっかり脱線《だっせん》した気がするが……。

そうそう、部活だ、部活。……部活の話から、どうしてボーイズラブの話になるのだろう……。

俺《おれ》がぐったりしていると、深夏が「とにかく、だ」と話の方向性を修正する。

「部活ってーのは、結局のところ、どれにしたって『やりたいからやる』っつうところに変わりはねーわけだ。それこそ、真冬のボーイズラブ執筆だって、文芸部に在籍《ざいせき》していれば、部費が下りてしまうわけだな」

なんか……確かに、凄く納得いかない気がした。杉崎鍵《けん》、ここにきて、会長側につきそうだ。徹底《てってい》的に審査《しんさ》を厳しくしてやりたい気がしてきた。

しかしそれに、やはり知弦さんが反論《はんろん》する。

「確かに趣味の延長《えんちょう》と言われればそれまでよ、部活なんて。でも……そんなのは、今更《いまさら》でしょう？　昔《むかし》から分かりきっていたことだわ。でも、学校はそれを認《みと》めて、支援《しえん》している。それは事実でしょう？」

その知弦さんの言葉に、今度は会長が「でも」と口を挟《はさ》んだ。

「部活動の目的って本来、やっぱり能力を伸ばすことであったり、健《すこ》やかな精神《せいしん》の育成《いくせい》……みたいな理由のはずよ？　少なくとも、わがまま放題やれっていうことじゃないと思うけど……」

「そうね。それも一つの側面《そくめん》だと思うわ」

「……知弦は、どうしたいのよ」

「私はただ、事実を述《の》べているだけよ。あくまで判断《はんだん》はアカちゃんに任せるわ。だって、絶対的な答えのあることじゃないもの。私のできることは、公平な立場で発言することぐらいよ」

「……むぅ」

会長は腕《うで》を組み、考え込んでしまっていた。さて……今回はどうするのだろう。

部費を増やせという要望を極力《きょくりょく》聞くのか。

部費は現状維持《いじ》で押し通し、ちょっと反感を買ってしまうのか。

それとも、明らかに怠惰《たいだ》な部活は、こっちの判断で廃部としてしまうのか。

最後の選択肢《せんたくし》はかなり反感買うことが予想されるし、イヤな役回りになるのは免《まぬが》れないが、しかし、今の状況はちょっと行き過ぎというのも分かる。部室を溜《た》まり場として使いたいだけの部活動に学校から金をやるなんていうのは、真面目な人間じゃなくても、釈《しゃく》然《ぜん》としないだろう。

だが、だからといって問答無用《もんどうむよう》の力の行使《こうし》は、多くの危険《きけん》を伴《ともな》う。下手《へた》をすれば、口コミで生徒会の悪評《あくひょう》が広まって、こちらが大打撃《だいだげき》を受けかねない。

怖いのはそれだ。

結局俺達だって……趣味で部活をやっているのと似たようなもんだ。駄弁《だべ》っているだけじゃないし、お金を貰《もら》っているわけでもないけれど、それでも、この生徒会室で皆とわいわい世間話することを楽しみにしている。

会長は五分ほどたっぷりと悩《なや》み抜《ぬ》いた末《すえ》、「よし」と顔を上げると、ただ一言、ハッキリと言い放った。


「なにもしない。今日の会議おしまい。あとはいつものように、ダラダラしてよしっ」


それだけだった。それが、会長の答えだった。

誰《だれ》も文句《もんく》は言わなかった。会長の宣言《せんげん》した通り、全員でさっさと嘆願書《たんがんしょ》を片付けて、いつものようにぐだぐだと過ごし始めた。

「もっと鍵盤《けんばん》連合の組員を増やさねーとな……」

「むー。杉崎先輩の設定を練《ね》り直さないと……」

「そういえばアカちゃん、明日提出の宿題終わってる？」

「あ！　お、終わってない〜。ち、知弦ぅ〜」

それぞれ、勝手なことをしている。少なくとも、もう仕事なんかしていなかった。

嘆息《たんそく》する。

……これだから、いつも、「生徒会はホント何もしないよねー」なんて生徒達から言われてしまうのだろう。

でも……「何もしない」のは、決して、不真面目だからじゃない。

会長は会長なりに、今回、「何もしない」のが「正解」だと思ったからこそ、そう言ったのだ。そして、一度結論の出たことに関して、必要以上に議論《ぎろん》を長引かせることもしない。それが……桜野《さくらの》くりむという少女だった。

部費に関しては、何もしない。

部費の追加も、強制的な廃部も。何も。今のまま。

嘆願書を出した生徒達には、多少の反感を買うだろう。もちろん真面目な活動で部費が足りなくなったのならこちらも予算を惜《お》しまないが、しかし、今回寄せられたものはどれもそういうものじゃなかった。

怠惰な部活も、無理矢理《むりやり》切り捨《す》てることはしない。どうせ現時点でも微々《びび》たる部費だ。今後も怠惰に過ごせば、どんどん部費は少なくなることだろう。だからいつか、自分達で自分達の状況を省《かえり》みてくれればいい。無理矢理切り捨てて、怒《いか》りで反省を見失わせてしまうよりは、そっちの方が絶対いいだろう。

結局は現状維持《いじ》。生徒会は動かない。

でも、俺達は、部費についてきちんと話し合った。そして結論を出した。

だったら、何も気に病《や》むことはない。堂々《どうどう》としていればいい。見かけにはわからなくても……なにもしてなくても……俺達は、やるべきことをした。

だから。

「やー、俺のハーレムは今日も元気でいいねー」

俺はまったりと落ち着いて美少女達の姿を鑑賞《かんしょう》し始める。

皆も、それぞれ自分のために、各々好きなように振《ふ》る舞《ま》い、そして、たまに笑《わら》い合っていた。

……………。

結局、仲のいい仲間達が集まって居心地のいい空間を形成《けいせい》できているなら、金や場所なんて瑣末《さまつ》な問題なのかもしれない。

（なんだ。部活っていうのは、人が集まった時点で、充分《じゅうぶん》、金じゃ手に入らない大事《だいじ》なもの、持ってんじゃんか）

なんとなく。

今回嘆願書を出した部活は、一部ふざけたものを除《のぞ》いて、金なんか無くても、いつかその目標をきちんと自分達の手で叶《かな》えるんじゃないかと……この生徒会の治《おさ》めるこの学校の生徒なら、やってくれるんじゃないかと……ふと、そんなことを思った。

（いかんいかん。俺、なんかちょっと副会長っぽいな）

頭をぶるぶると振る。駄目《だめ》だ駄目だ。俺の頭の中は常《つね》に美少女で一杯《いっぱい》にしておきたいんだっ！

「あれ？　どうしたの、杉崎？」

会長がくりくりした瞳《ひとみ》をこちらに向けてくる。俺は、ニコリと返した。

「いえ、ちょっと、副会長としての自覚《じかく》が出てきてしまっていたので、慌《あわ》てて、なかったことにしました。安心して下さい！　今はちゃんと美少女大好きな杉崎鍵ですよ！」

「ああ、なんか色々《いろいろ》残念だわっ！」

そんなわけで。

今日も生徒会は、何もしない。

【第四話～休憩《きゅうけい》する生徒会～】

「大事なのはメリハリなのよっ！　山があって谷があってこその人生なのよっ！」

　会長がいつものように小さな胸《むね》を張ってなにかの本の受け売りを偉《えら》そうに語っていた。

「そんなわけで、今日は休み！　生徒会、休みー！」

　結局それが言いたかったらしい。会長は笑顔でそれだけ言うと、着席《ちゃくせき》して、ぐでーんと長机《ながづくえ》に突《つ》っ伏《ぷ》した。

（たれ会長だ……）

　萌《も》える。ロリな幼女《ようじょ》（とはいえ先輩《せんぱい》だが）が、むにーっと机にだれているのは、なんだかとても萌える。っつうか癒《いや》される。俺《おれ》と同じく会長に萌えているらしい知弦《ちづる》さんが「アカちゃーん」と会長の目の前にポッキーを差し出すと、会長は「はむ」とそれをくわえ、リスのようにカリカリと、少しずつ咀嚼《そしゃく》し始めた。……可愛《かわい》い。

「しっかしよー。今更《いまさら》だけど、休みなら集まる必要ねーんじゃ……」

　深夏《みなつ》が、会長とは対照的《たいしょう》に、大きくのびをしながらつまらなそうに呟《つぶや》く。その前では真《ま》冬《ふゆ》ちゃんも「そうかも……」と、姉に同意していた。

俺《おれ》はそんな深夏に対し、「何を言うっ！」と憤慨《ふんがい》して立ち上がる。

「前も言ったが、そんなことじゃ好感度はあがらないぞっ、深夏よ！」

「それはてめぇの事情だろうがっ！」

「何を言うっ！　既《すで》にこの生徒会だけでヒロイン四人だぞ深夏！　ただでさえ、ハーレムエンドを除《のぞ》けば、俺とくっつけるのは一人！　この激戦状態《げきせんじょうたい》で、お前、生徒会室に顔出さないで、一話まるまる不在《ふざい》なんてした日にゃ……一気《いっき》に持ってかれるぞ！」

「持ってかれていいよ！　むしろ持って行ってほしいよ！」

「ツンもほどほどにしとかないと、ファンが離れるぞ深夏！　特にお前は、少なくともメインっぽい立場にはいないわけだから、もっと頑張《がんば》らないといけない！」

「だからなんで勝手に杉崎鍵争奪《すぎさきけんそうだつ》レースに巻き込まれてんだよあたし！　そもそも、お前が思っているほど、このレース参加者いねぇよ！」

「おま、馬鹿《ばか》、全然わかってないな、おい。主人公だぞ、主人公。そして今のところ、主要な男性の登場人物は俺一人だぜ？　これを激戦と言わずして、なんという」

「お前に男友達が少ねーってことが証明されただけじゃねえかっ！」

「いるよ！　中目黒《なかめぐろ》っていう親友がっ！」

「真冬の妄想《もうそう》の中にだけなぁっ！」

「く……案外深夏は攻略難《こうりゃくむずか》しいかもな……。ツンがなかなか抜《ぬ》けない」

俺がぐぐと唸《うな》っていると、深夏は呆《あき》れた様子で俺を眺《なが》め、そして嘆息《たんそく》した。

「いや、そもそも、鍵がどうこうという話以前に、あたし、あんまり男子に興味《きょうみ》ねーから
さ……」

「くそう……百合趣味《ゆりしゅみ》なのが、余計《よけい》に攻略したくなるな……」

「や、百合とか言われると、それもまた違《ちが》うんだが……」

「そうなのか？」

訊《たず》ねると、深夏は腕《うで》を組み考え込む。

「んー……。男子よりは女子が好きだ。それは事実。友達になるなら別に男女関係ねーけ
ど、こと恋愛《れんあい》やら性的なことに関しては、男子ってやつをあたしはあんまり信用してねー
からな」

「ああ、それで、真冬ちゃんのあの洗脳《せんのう》っぷりか」

「真冬の場合はちょっと、あたしが考えていた以上に、効果《こうか》がありすぎたけどな。純粋《じゅんすい》だ
っただけに、あたしの男子に対する罵詈雑言《ばりぞうごん》を全部 吸収《きゅうしゅう》しちまって……」

「でも、百合でもないと」

「あー、まあー、どっちが好きと言われりゃ女子と答えるから、百合っちゃ百合なんだけどさ。別に、恋愛対象《れんあいたいしょう》として女子を見ているかと訊《き》かれれば、それも違うっつうか」

「なんか……難儀《なんぎ》だな」

「いや別に。鍵には分からねーかもしれねーけど、あたしは、恋愛なんて、人生において大《たい》して重要な要素《ようそ》だと思ってねーからな」

「うわ、出た、童貞《どうてい》ニート発言！」

「童貞ニートじゃねえよ！　せめて処女《しょじょ》って言えよ！……こほん。だからあたし、あーいうの嫌《きら》いだ。あの、『恋してなきゃ死《し》んじゃうー』とか、『付き合ったことない？　つまらねー人生だな』みたいなこと言うヤツ」

「う……。なんかそれ、俺にも軽く攻撃《こうげき》してないか？」

ある種《しゅ》の恋愛至上《しじょう》主義みたいな俺にも、ちょっとグサッと来た。が、深夏は笑顔で否定《ひてい》する。

「ん、いや、あたし、友達としてはお前、好きだぜ」

「え……あ、そ、そう」

「ん？　どうした？　赤くなって」

「い、いや」

な……なんか、凄《すご》く照《て》れた。やばい、なんだこれ。友達として好きって言われただけなのに。デレたってわけでもないのに。なんか……すげぇ嬉《うれ》しかった自分がいるぞ、おい。だ、駄目《だめ》だろう、杉崎鍵！　お前は、友達で満足しているような純朴《じゅんぼく》青年じゃないだろう、おい！　野望《やぼう》は大きく持て！　ハーレム精神《せいしん》を忘れるなっ！　下心《したごころ》よ永遠《えいえん》にっ！

「ふぅ……。危《あぶ》なかった。危《あや》うく、爽《さわ》やか純情青年になるところだった」

「どこが危ねーんだよ！　むしろなれよ！　どちらかというと、普段《ふだん》のお前の方が遥《はる》かに危険《きけん》人物だよ！」

全力《ぜんりょく》でツッコんでいる深夏の全身を嘗《な》め回すように見る。そうして、脳内で深夏の制服を軽くはだけさせる。……ん、大丈夫《だいじょうぶ》。俺はまだまだ、エロい。

「よしっ！　いけるっ！　俺はちゃんと、深夏を性欲《せいよく》の対象として見れるっ！」

「なに宣言《せんげん》してんだてめぇっ！　人によっては通報《つうほう》しているぞこらっ！」

「だから安心して、俺に恋《こい》しろ、深夏」（歯《は》、キラーン）

「余計に恋に臆病《おくびょう》になったわっ！」

微妙《びみょう》に深夏が俺と距離《きょり》をとったため、仕方なく、俺は他《た》メンバーを見回す。

『…………』

俺と深夏の会話をすっかり聞いていたらしく、全員、軽く引いていた。……なんかもう慣《な》れてきたな、これ。

　会長が「でもさー」と、たれたまま話を切り出してきた。

「生徒会室って、居心地《いごこち》いいのよねー。ほら、校長先生の部屋が校長室であるように、生徒会長の部屋が生徒会室なのよ」

「ちげーよ」

　深夏がツッコンでいた。しかし会長はそれでも気にせず、知弦さんにポッキーで餌付《えづ》けされながらも、話し続ける。

「杉崎は『俺のハーレム！』なんて言うけど、ある意味、私が会長なんだから、私のハーレムよねー、ここ」

「勝手に俺のハーレムを奪《うば》わないで下さい」

「杉崎━。肩揉《かたも》んでー」

「………………。あんまり調子に乗っていると、胸揉みますよ」

「胸？　揉む？………………。………………」

　自分の胸を眺《なが》める会長。俺はハッと気付き、慌《あわ》てて謝《あやま》った。

「あ、すいません。……本当に……すいません」

「謝らないでよ！　不憫《ふびん》だよ！　私が、凄《すご》く不憫だよ！」

「不憫です……本当に……」

「胸を見ながら言うな―――――――!」

「揉むとか言って、ホント、すんませんでした。俺、駄目ですね……。世の中、『揉める』ような女性ばかりじゃないのに……差別《さべつ》発言でした」

「その言葉が余計に私を傷つけてるよ!」

「安心して下さい、会長。それはそれで需要《じゆよう》あるんですよ?」

「慰《なぐさ》めになってないよ! むしろその需要を持つ男子は怖いよなんかっ!」

「俺は……うん、いけます」

「何がっ⁉」

「むしろ、『胸が無いということを気にしている姿《すがた》』という、胸のある人間には無い萌《も》えポイントまで得《え》られますからね。なかなか奥《おく》が深いですよ、ペッタンも」

「ペッタン言うなっ! それこそ差別発言だよっ!」

「いやむしろ、会長がその体格、その性格で巨乳《きよにゆう》だと、なんか間違《まちが》ってますよね」

「いやな正解っ!」

「ロリ顔《がお》で巨乳ってよく宣伝文句《もんく》になりますけど、俺個人としては、ロリは、ペッタンこそ、真《しん》のロリなんです。発育が総合的に遅《おく》れてこその、ロリなんです!」

「杉崎のロリ定義《ていぎ》に興味はないよっ！」

「だから会長。今後も、胸の発育に悩《なや》んで涙目《なみだめ》になる会長でいてください」

「意地でも成長したくなったわっ！」

会長が息を切らせている。さっきまでのダラけムードはなくなったが、ぜぇはぁ言っている会長も、それはそれで萌えだった。

目の前では、知弦さんも会長を眺《なが》めてうっとりしている。

「そういえば知弦さん。今日は勉強しないんですか？」

ふと気になって訊《たず》ねてみた。知弦さんはいつも、特に生徒会の仕事が無い時は、大抵《たいてい》机にノートを広げている。それが今日は、完全に会長いじりに徹《てつ》していた。

知弦さんは耳にかかった髪《かみ》をかきあげ、微笑《ほほえ》む。

「元々《もともと》、私の場合は授業だけで事足《ことた》りているのよ」

「え？　じゃあ、なんでいつも勉強しているんですか？」

「ああ、あれはあれで趣味みたいなものよ。例えば……世の中、家で何時間も勉強出来る人と、出来ない人がいるでしょう？」

「俺はどちらかというと、勉強が苦痛《くつう》なタイプですね。目的があったんで、去年は勉強しましたけど」

俺《おれ》がそう答えると、椎名姉妹《しいなしまい》と会長も会話に入ってきた。

「真冬も、あんまり家でお勉強できないですね……。最低限はしますけど」

「あたしは逆に、結構《けっこう》ちゃんとやるぜ。あんまり苦でもねーし」

「私は——」

「あ、会長はいいです。答えるまでもありませんから」

「杉崎がイジめるぅぅぅ！」

会長がおいおい泣き出してしまったが、無視《むし》。だってこの人……本当に答えるまでもないもんなぁ。

それぞれの反応を見て、知弦さんが話を再開した。

「勉強する人は、キー君みたいに単純に努力家っていう場合もあるけど。意外と多いのは、勉強という行為《こうい》自体が、一つの趣味みたいになっているケース。私もそれ。だから、ほら、家にゲームという大きな趣味のある真冬ちゃんはあまり勉強できなくて、逆に、運動が好きでも、家では特にすることないような深夏は、勉強するんでしょう？」

「あ、確かに」

「他に特にこれと言って夢中になることもない場合、勉強って、とりあえずやっておいて損《そん》はないものなの。そういうわけで、私は、暇《ひま》な時間は知識《ちしき》の吸収《きゅうしゅう》に努《つと》めるようにしているのよ。だから、褒《ほ》められたりすると違和感《いわかん》あるのよね」

「じゃあ、今日は……」

「ああ、今日のアカちゃんは特に可愛《かわい》いから、こっちに夢中なだけ」

そう言いながら、知弦さんは会長の頰《ほお》を人差し指でぷにぷにとつつく。確かに……今日の会長は、可愛い。いつものように妙な気合《きあい》が入ってないから、可愛さが前面に出ている。

俺と知弦さんが会長をいじって「ほわーん」としていると、深夏が「でもさぁ」とかったるそうに声をあげた。

「偏見《へんけん》なのは百も承知《しょうち》だけど、あたし、勉強できるヤツって不得意《ふとくい》なんだよなー、基本《きほん》。特に理系？」

「なんとなく分かる気がする」

体育会系、そして皆とワイワイするのが好きな深夏は、確かに、そういうタイプに弱かった。

「知識が多いヤツって、変なところにつっかかってくるからさぁ。超常《ちょうじょう》現象ネタで盛《も》り上がっている最中《さいちゅう》に、『でもそれはありえないよね』とか普通のトーンで言われるとな……。その気持ちも分からねーじゃねぇけど」

「あー、分かる。どうしてもそこらを見逃《みのが》せない人っていうのはいるからなぁ。まあ、それが一概《いちがい》に悪いというわけでもないんだが」

「別にこっちは、ありえるありえないで議論《ぎろん》したいんじゃなくて、楽しく盛り上がりたいだけだっつうのに……」

俺がうんうんと頷《うなず》いていると、「そうねぇ」と知弦さんも乗っかってきた。

「私の場合は、酔《よ》った親戚《しんせき》のオヤジに聞かされる、政治関連《かんれん》の主張ほどウザイものはないと思っているわ」

『あー、わかる（わかります）』

全員が同意していた。

「まあ、政治に無関心な私も悪いとは思うんだけどね。政治に限らずどんなジャンルにおいても、聞き手が望まない主張を延々《えんえん》と相手に聞かせるのは、一種《いっしゅ》の暴力《ぼうりょく》よね」

「真冬も……そういうのは苦手です。しゅんって、なっちゃいます」

「だから私の場合、この生徒会が大好きなんだけどね」

知弦さんがそう言って話を締《し》めくくる。確かに……この生徒会は、そういうところがいい塩梅《あんばい》に緩《ゆる》いかもしれない。

それぞれ何かイヤな思い出でも浮かんだのか、全員で「はぁ」と溜息《ためいき》をつく。中でも、真冬ちゃんは特に元気がなかった。気になって、訊ねてみる。

「どうしたの？　真冬ちゃん」

「杉崎先輩《せんぱい》……。真冬の場合は……その、特に、キャラクター的に聞き役になっちゃいがちというか……。だから、人に捕《つか》まって、延々と、聞きたくもない話をされることとか、ちょっとした発言を潰《つぶ》されちゃうことも多くて……」

「あー」

　確かに、真冬ちゃんは難儀《なんぎ》そうだった。自分と相手の主張が食い違った場合、確実《かくじつ》に言い負かされてしまいそうだし、興味の無い話も笑顔で相槌《あいづち》を打ってしまいそうだ。

「真冬ちゃんは、苦手な人多そうだよね」

「はい。……特にハーレムを目指《めざ》すあまり暴走《ぼうそう》する男性《だんせい》とか……」

「俺になんか恨《うら》みある？」

「地球人で一番強いという設定の割《わり》には活躍《かつやく》しない人とか……」

「ク○リンのことかぁぁぁぁぁぁあ！」

「あと、大量殺人鬼《さつじんき》さんとか……」

「大概《たいがい》の人は苦手だよ！」

「あ、幼女連続誘拐監禁犯《ゆうかいかんきんはん》とかも苦手ですっ！」

「まるでそれ以外の犯罪者《はんざいしゃ》は得意かのようにっ！」

「怪盗《かいとう》は大好きです！」

「現実に『怪盗』なんて見たことないよっ！」

「地球外から来る知的《ちてき》生命体も……どちらかと言えば、苦手の部類《ぶるい》、かなぁ」

「迷《まよ》う余地《よち》あるんだ！」

「でも、それよりなにより、やっぱり、ハーレムを目標《もくひょう》とする人が一番ですかね」

「俺、もしかしてめっちゃ嫌《きら》われている⁉」

「そんなことないですよ！　杉崎先輩は、杉崎先輩じゃないですかっ！」

「ああ、全《まった》く心に染《し》みない、いいセリフを言われた気がするっ！」

真冬ちゃんはやはりクセモノだった。真冬ちゃん……俺は、キミのこと変わらず好きだけど、徐々《じょじょ》に……しかし着実《ちゃくじつ》に苦手とし始めているよ。

「俺の苦手な人は、俺を題材に妄想《もうそう》小説書く人だよ……」

げんなりしながら、ちょっと反論《はんろん》してみる。真冬ちゃんのことだから、ショック受けちゃうかなと思ったが……。

「え？　そんなことしている人いるんですか？　まったく、けしからんですね。ぷんぷん」

「……もういい」

決定。杉崎鍵の苦手な人ランキング第一位、椎名真冬。……萌えるけど。大好きだけど。抱《だ》けるけど。っつうか抱きたいけど。それでも……。

「さて、杉崎先輩と中目黒先輩のラブシーンの続きでも書こうかな……」

「キミは俺の天敵《てんてき》だぁああああああああああああああああああ！」

「ええっ⁉」

真冬ちゃんが、まるで理由が分からないといった表情《ひょうじょう》でショックを受けていた。

「さて、それけそうと」

深夏が、パンと手を叩《たた》いて話を切り替《か》える。

「今更《いまさら》だけど、今日は本当になにもしなくていいのか？　会長さん」

深夏の問いに、会長は体を起き上がらせ、「ん〜」と腕《うで》を組んだ。

「真面目《まじめ》に活動はすべきだと思うんだけど……。でもでも、ここ最近はちょっと時間外残《ざん》業《ぎょう》っていうか、放課後長時間残る作業多かったし、休んでもバチはあたらないと思うっていうか」

それに知弦さんも同意する。

「そうね。生徒会の仕事なんて、殆《ほとん》どボランティアのようなものなのだから、役員達が体や心をすり減《へ》らしてまですることじゃないわ。必要最低限のことはやっているしね。こうやって、特に問題に取り組まない日があってもいいんじゃないかしら」

「でも、仕事たまってるだろ？　なんつーか、あたし、そういうの落ち着かねーっていうか」

それは分かる気がする。やるべきことは、先に全部片付《かたづ》けちゃいたいという気持ちは、俺にもある。とはいえ……

「まー、気にするな深夏。細々《こまごま》とした雑務《ざつむ》は、俺が後でやっとく――」

「だから、それが一番気になるんだよっ！」

「う……」

怒鳴《どな》られてしまった。生徒会室がシーンと静《しず》まりかえり、なんだかいたたまれない空気が漂《ただよ》う。……ああ、ミスった。俺が、ハーレムのために勝手に雑務を一人でこなしているというのは、既《すで》にここじゃ暗黙《あんもく》の了解《りょうかい》だと思っていたのに……。やっぱり姉御《あねご》肌《はだ》の深夏としては、ちょっと見逃せない部分はあったのか……。

深夏が、しまったという表情を見せ、慌《あわ》てて取り繕《つくろ》う。

「い、いや、えと。ま、まー、怒《おこ》ってるわけじゃねーんだ。っつうか、感謝《かんしゃ》しまくっているからこその、この、モヤモヤというか……」

「ごめんな、深夏」

「や、だから、鍵が謝ってどうすんだよ！　そうじゃなくて……」

「そんなに深夏が俺《おれ》を想《おも》っていてくれたなんて……」

「そういう言われ方するのは激《はげ》しく不本意《ふほんい》なんだがっ！」

「大丈夫。俺はその深夏からのラブパワーさえあれば、無敵《むてき》だからっ！」

「ねえよ！　ラブパワーは供給《きょうきゅう》してねえよ！」

「あと、たまに性欲の捌《は》け口《ぐち》になってくれれば、俺はそれでいいからっ！」

「なにげにでかい要求してんじゃねえかっ！」

「俺の体のことは……げほっ！　心配……げほっ！　する……な」

「急に押し付けがましくなったな、おいっ！」

「大丈夫。深夏は、俺と肌《はだ》を重《かさ》ねるだけでいいから……げほっ！」

「同情しねえよ！　そんなんで女がオチると思っているのかよっ！」

「真冬ちゃんはオチたみたいだけど？」

「え？」

深夏が妹の方を見る。そこには……

「えぐ……杉崎先輩……可哀想《かわいそう》ですっ！　真冬でよければ、いくらでも――」

「オチてるっ！　うちの妹が完全にオチてるっ！」

深夏はショックを受けていた。

「真冬ちゃんは、思い込みが激しいからなぁ」

「ああ、あたしの教育が間違っていた！」

深夏はそう叫《さけ》ぶと、慌てて、真冬ちゃんの洗脳解除《かいじょ》に取り組み始めた。……ちっ。姉妹《しまい》どんぶりを狙《ねら》ったのに……。

「杉崎……。なんか今、凄《すご》くあくどい顔になっていたけど……」

会長がこちらを半眼《はんがん》で見ていた。俺は表情をくるりと変えて、会長に振り返る。

「え？　そんなことないですよぉ～☆」

「語尾《ごび》に☆がつくようなキャラでもないでしょう！」

「杉崎☆鍵」

「なんのために！」

椎名姉妹が二人の世界に入ってしまったため、会長と知弦さんの方を向く。

知弦さんが、ニヤリと俺に怪《あや》しい笑みを向けていた。アイコンタクトが飛んで来る。

（うまくやったわね……キー君）

（うっ！　き、気付かれてましたか……）

（私を誰《だれ》だと思っているの？　キー君が、道化《どうけ》を演《えん》じて自分の雑務のことから深夏の目を

逸《そ》らしたことぐらい、お見通しよ）

（うう……その、知弦さん……）

（大丈夫《だいじょうぶ》よ。黙《だま》っておいてあげるわ）

（あ、ありがとうございます）

（……ねぇ、キー君。私ね、貴方《あなた》のそういうとこ、結構《けっこう》——）

「ちょっと知弦っ！　杉崎！　なに怪しく見つめあっているのよ！」

知弦さんがちょっと真剣な目で何か伝えようとしていたところで、会長のギャーギャーと五月蝿《うるさ》い声がそれを遮《さえぎ》ってしまった。

俺は一つ嘆息《たんそく》して、会長に微笑《ほほえ》みかける。

「あれぇ？　会長、嫉妬《しっと》ですかぁ？」

「な——。ち、違うわよっ！　だって、椎名姉妹は二人の世界だし、知弦と杉崎まで二人の世界に入られたら、私、なんだか凄く蚊帳《かや》の外《そと》じゃないっ！」

「あー。まぁ、元々《もともと》会長は蚊帳の外ですけどね。生徒会で」

「酷《ひど》っ！」

「いや、この学校の、蚊帳の外、か」

「なんで更《さら》に酷い方に言い直したの⁉」

「むしろアカちゃんはこの世界のつまはじき者ね」

「知弦まで攻撃《こうげき》に参加したっ！」

知弦さんは、相変わらずの意地《いじ》悪《わる》そうな笑みを会長に向けていた。

「？」

あれ？　知弦さん……本当に、軽くだけど、怒ってる？　なんかいつもの「会長いじり」じゃなくて、ちょっと、拗《す》ねた感じの攻撃の仕方だった。……なんで？

まあ知弦さんのことだけは、いくら考えてもよく分からないため、気にしないでおく。

会長が可愛らしくぷくっと膨《ふく》れてしまっているので、俺は会長にかまってあげることにした。

「会長、会長」

「……なによ、杉崎」

「やらないか？」

「やらないよ！」

「ノリ悪いなぁ。会長に合わせて、ちょっと古めのネタで攻《せ》めたのに……」

「読者の何割が分かっただろうねぇ！　そしてそのネタは、異性間《いせいかん》でやったらただのセクハラだと思う！」

「これで駄目《だめ》だとなると、もう、会長とのスキンシップ手段《しゅだん》は断《た》たれたとしか……」

「どんだけ選択肢《せんたくし》少ないのよ！　他の手段はいくらでもあるよ！」

(他の手段……。……九割方『性犯罪《せいはんざい》』になるけど、いいのかな。いいよね)

「確実《かくじつ》に十八禁《きん》的思考しているでしょう、今！」

「すみません。俺、セクハラ以外で女の子と接することの出来ない、不器用な男なんッス」

「それはもう不器用云々《うんぬん》じゃなくて、一種のビョーキだと思う！」

「というわけで、胸、触《さわ》っていいですか？」

「駄目だよ！　っていうか、どういうわけよ！」

「減《へ》るもんじゃあるまいし……」

「発言が完全にセクハラ男のそれになってるよ！」

「仕方ない。じゃ、パンツ下さい、パンツ」

「なんで『譲歩《じょうほ》しました』みたいな空気なのよっ！」

「え？　パンツ駄目なんですか？」

「なにその意外なもの見る目っ！　普通駄目だよ！」

「なんてガードが固《かた》い乙女《おとめ》なんだ……」

「杉崎の基準《きじゅん》じゃ、普通の女子はほいほいとパンツ渡すの⁉」

「じゃあパンツはもういいです。ブラ下さ――。……あ、すいません」

「わ、私だってブラぐらいつけてるよ！　急に同情的な視線《しせん》やめてよ！」

「……ごめんなさい、会長。俺、ちょっと調子に乗ってました」

「この段階《だんかい》で急に反省《はんせい》されるのは、なんか凄く納得《なっとく》いかないんだけどっ！」

「セクハラは、今後、もうしませんっ！」

「ああ、なにこの不本意《ふほんい》な更生《こうせい》！　望《のぞ》んだ結末なのにっ！　望んだ結末なのに～！」

会長が頭を抱《かか》えて唸《うな》り始める。……やっぱりいじり甲斐《がい》があるなぁ、会長。テレビチャンピオンで「いじられ会長選手権」があったら、間違《まちが》いなくトップだよなぁ。

会長にしばし回復のための時間を与《あた》えている間、知弦さんと世間話をして時間を潰《つぶ》すことにする。

「知弦さん、近頃《ちかごろ》面白いことありました？」

「キー君……。なにその、会話に困った時の常套句《じょうとうく》みたいな質問」

知弦さんが嘆息しながら、制服の襟元《えりもと》を軽く正《ただ》す。

「すいません。パッと頭に浮かんだもので」

「まあ、でも確かにそういうのはあるわね。『今日はいい天気ですねー』に代表される、とりあえずの会話の始点《してん》とでもいうべき言葉」

「ありますねー。ええと……『最近どう？』とかは結構使いますね」

「あれ困《こま》るのよね。『どうって、何が？』で私は返すけど……」

「でも、そう返されても困りますよね。『いや、なんていうか、総合的《そうごう》に……』みたいな」

「まあ、そこから会話が弾《はず》むことがなきにしもあらずだけど。最近の日本は、色々とアバウトすぎるのよ。もっと、ピンポイントな会話の始点があるべきだわ」

「例えばどんなものですか？」

「そうねぇ……」

知弦さんは唇《くちびる》に指をあて、しばし考え込んだ後、閃《ひらめ》いたようにその指を立て、笑顔で口を開く。

「『田中義男《たなかよしお》、男性、三十一歳独身《どくしん》、神奈川《かながわ》県在住。職業システムエンジニア。勤務《きんむ》時間は、フレックスタイムを使用し、昼十二時から夜九時まで（途中一時間休憩《きゅうけい》あり）。とはいえ残業は多く、家に帰るのは毎日深夜。職場恋愛《れんあい》中……という設定の男について、どう思う？』とか」

「ピンポイントすぎますよっ！　しかもどうも思わないしっ！」

「会話弾むと思うけど？『あー、それはちょっと仕事に力入れすぎているわねー』とか。『職場恋愛はやめておいた方がいいなぁー。色々しがらみできるし』なんて……」

「田中義男という架空《かくう》の人物に、それほどの興味は誰もないですよ！」

「あらそう……残念」

「俺《おれ》は知弦さんの考え方が残念ですよ……」

「じゃあ……そうねぇ。『どう？　交換殺人《こうかんさつじん》に興味とか……ある？』なんてどうかしら」

「ピンポイントとかそれ以前に、怖《こわ》いですよ！」

「乗ってきたら、会話が弾むこと間違いなし」

「犯罪計画という最低《さいてい》な会話がねぇ！」

「私はよく使う手なんだけどなぁ……」

「使ったんだ！　その会話の顚末《てんまつ》が凄く気になるけど、聞かない方がいい気もする！」

「…………。……あの時は大変だったわ……」

「遠い目をしないで下さい！　俺、知弦さんを信用できなくなりますよ！」

「大丈夫大丈夫。私の手は汚《よご》れてないから」

「まるで誰かの手は汚したかのようなっ！」

「…………。……ふふ」

「怖《こえ》ぇ――――――――――――――――――!」

「やはり最高の会話の始点よね。交換殺人」

「どこがですかっ! ただの世間話で人生破滅《はめつ》ですよ!」

「まったく……。キー君はツッコンでばっかりね。仕方ない……キー君好みの方向で会話の始点を考えましょうか」

「是非《ぜひ》そうして下さい……」

「そうねぇ……。……『俺、そろそろ性欲が抑《おさ》えられなくて、女を襲《おそ》おうと思うんだけど……一緒《いっしょ》にどうだ?(ニヤリ)』とか」

「あんたはどんだけ犯罪が好きなんですかっ! っつうか、俺、そこまで評価《ひょうか》低いんですかっ!」

「キー君にピッタリな始点だと思うのだけれど……」

「酷《ひど》いっ! 今までの罵詈《ばり》雑言《ぞうごん》の中で、なにげに一番酷いと思いますっ!」

「キー君にそんな会話を持ちかけられたら……私、断《ことわ》る自信がないわ」

「そもそもなんで知弦さんにそんな会話を持ちかけるんですかっ! っつうか、知弦さんも『女』を襲うんですかっ⁉」

ちらりと会長を眺めて微笑《ほほえ》む知弦さん。会長は何かを感じたらしく、「びくっ」と身震《みぶる》いしていた。……おいおい。

「この生徒会は百合《ゆり》ばっかりかっ！」

「あら、見損《みそこ》なわないでほしいわね、キー君。私は……バイよ！」

「そんな誇《ほこ》らしーげにカミングアウトされても！」

「人物相関図《そうかんず》を書いたら、私からは生徒会のメンバー全員に『LOVE』となっている勢《いきお》いよ」

「俺以上に節操《せっそう》無いですねっ！」

「ま、要《よう》は刺激《しげき》的であれば、私はなんでもいいのよ……」

「知弦さん、実は俺より危険人物でしょう！」

「あら、そんなことないわ。私、いつもキー君のオオカミのような視線にゾクゾク……いえ、ビクビクしているのよ？　かよわい女の子なのよ」

「今確実《かくじつ》にゾクゾクって言いましたよ！　言い直しても無駄《むだ》なぐらい、ハッキリ言いましたよ！」

「……………ふふ」

「キー君、怖《こわ》ぁい☆」

「☆はもういいですよ！」

「紅葉《あかば》☆知弦」

「どんだけ☆ブームが来てるんですか、この生徒会！」

ぜぇぜぇと息を吐《は》く。……失敗《しっぱい》だった。知弦さんに世間話なんて持ち掛《か》けちゃだめだった。俺のレベルじゃまだまだ、到底敵《とうていかな》わない相手だったのだ。やばい……やっぱり、ツッコミは疲《つか》れる。会長や深夏相手に、ふざけまくるのが一番だ。

 知弦さんの相手をしていてすっかり心が疲れてしまったので、そろそろ他の、いじりやすい会話相手がいないかと生徒会室を見回す。

会長は……俺から視線を外《はず》してしまった。まださっきのやりとりから回復していないようだ。

知弦さんは勿論却下《もちろんきゃっか》。

となると残るは椎名姉妹《しまい》だが……。

「いいか？　真冬。杉崎鍵っつう男は、それはもう、とんでもない男なんだ。最低なんだ。同情なんて、絶対してはいけない相手なんだ」

「……杉崎先輩は……最低……」

深夏が、目が虚《うつ》ろになった真冬ちゃんに言葉を刷《す》り込んでいる。……完全に洗脳《せんのう》していた。なんか凄く不本意なので、俺はそれを慌《あわ》てて止めに入る。

「おいおい、深夏。ちょっとやりすぎじゃねえか？　この分じゃお前、真冬ちゃん、目覚めたら俺を殺しにかかるぐらいの勢いじゃ……」

「ふふふ……それはそれで面白《おもしれ》ぇ」

「面白《おもしろ》くねぇよ！　っつか、深夏、お前も目がやべぇよ！」

「覚醒《かくせい》真冬VS卍解《ばんかい》杉崎鍵……いい勝負になりそうだ！」

「妹を覚醒させんなよ！　っつうか、俺、何で卍解出来る設定《せってい》なんだよ！」

「え？　もしかして鍵……破面化《アランカルか》まで？」

「できねぇよ！　っつうか、そもそも俺死神《しにがみ》じゃねぇし！」

「とはいえ、瞬歩《しゅんほ》は出来るわけだし……」

「だから出来ねぇって！　つうかこの会話、読者ついてこれてんのか、おい！」

「まあいい。全《すべ》ては……真冬を覚醒させれば始まること！　いでよ覚醒真冬！　そして世界を滅《ほろ》ぼしてしまえぇー！」

「既に目的が入れ替《か》わっているだろ、おおい！」

深夏の叫びと共に、真冬ちゃんの眼《め》が徐々《じょじょ》に生気《せいき》を取り戻す。

そうして、完全に眼に色を取り戻すと……ギギギとこちらを見て、カッと眼を見開いた。

「敵《てき》、認識《にんしき》。攻撃シマス」

「完全にキャラ変わってるじゃねえかよ！　真冬ちゃん、人格壊《じんかくこわ》れてるじゃねえかっ！」

「戦闘《せんとう》能力を特化《とっか》させるためには……仕方ないことだった」

「妹をなんだと思ってるんだてめぇ！」

「おお、鍵！　なんかカッコイイセリフだったぞ！　マッドサイエンティストに対峙《たいじ》する熱血《ねっけつ》主人公みたいだ！」

「そんなこと言ってる場合——って、おわぁ！」

深夏と口論していると、俺の首筋《くびすじ》を掠《かす》めて高速で定規《じょうぎ》が飛んでいった。壁《かべ》にザシュっと突《つ》き刺《さ》さり、会長と知弦さんがサーと青褪《あおざ》める。同時に、俺《おれ》の首筋からツーと流れ落ちる、一筋《ひとすじ》の血液。

「…………」

沈黙《ちんもく》。

真冬ちゃんを見る。

「誤差《ごさ》、三センチ五ミリ。修正。次弾《じだん》、装填《そうてん》」

そう言いながら、自分の筆箱《ふでばこ》からペンを取り出し、ダーツを投げるような仕草《しぐさ》で、俺の首に狙《ねら》いを定《さだ》め始める真冬ちゃん。……おい。

生徒会室が、一瞬《いっしゅん》で戦場に変わってしまった。

『わぁあああ⁉』

俺と知弦さんと会長が慌てて席から立ち上がり、悲鳴《ひめい》をあげながら部屋の隅《すみ》に退避《たいひ》する。

深夏は一人、「おおっ！」と目をキラキラさせて興奮《こうふん》していた。

「真冬、かっけぇ！」

「『かっけぇ！』で済《す》まされるかっ！　色々《いろいろ》どうにかしろ、おい！　なんだこの展開《てんかい》！」

「あたしの妹だから、潜在《せんざい》能力は高《たけ》ぇと思っていたが……まさかここまでとは……。お姉ちゃんは、感動したっ！」

「感動する前に対処《たいしょ》しろよ！」

「いけっ、真冬！　今こそお前の真《しん》の力を解放《かいほう》する時だっ！」

「なんで今なんだよ！　このタイミングである必要性が分からねぇよ！」

「了解《りょうかい》。戦闘モード、第二段階へ、シフトシマス。……戦闘力、二百パーセント、アップ」

「もう手に負《お》えない感《かん》があるんだがっ！」

俺が震《ふる》えていると、背後では、知弦さんが怯《おび》える会長をここぞとばかりに抱《だ》きすくめ、宥《なだ》めていた。

「大丈夫よ、アカちゃん。貴女《あなた》へのトドメは……私が刺《さ》すから！」

「ここにも敵⁉　わー！　きゃぁー！　助けて杉崎ぃ――――！」

「うふふふふ……」

「杉崎ぃぃぃ――――――――！」

背後でもなんか壮絶《そうぜつ》なことになっていたが……。ゴメン会長。俺今、それどころじゃない。

目の前では更にパワーアップして、俺の首に狙いを定める真冬ちゃん。

その隣《となり》では、高笑いを続ける深夏。

背後では豹変《ひょうへん》した知弦さんと、助けを求める会長。

（どうする俺！　どうすんだよ俺！）

手元には三枚のカード。

選択肢《せんたくし》は……『戦う』『逃げる』。そして……。

「く、こうなったら、これしかねぇ！」

今回のタイトルは「休憩《きゅうけい》する生徒会」。

つまり、最初からオチなんてありはしない話。

だからこそ……この選択肢が使える！

俺は最後の手段《しゅだん》を……三枚目のカードをとることにした。

『何も回収せず話を終える。そして何事《なにごと》も無かったかのように始まる次回へ』

というわけで。

また来週～。

「どんなに無駄《むだ》と思えることでも、それは経験《けいけん》として着実《ちゃくじつ》に人を成長させるのよ！」

会長がいつものように小さな胸《むね》を張ってなにかの本の受け売りを偉《えら》そうに語っていた。

俺《おれ》はその言葉に「おおっ！」と反応《はんのう》し、喝采《かっさい》の声を上げる。

「会長！　遂《つい》に俺のハーレムを目指《めざ》すという行為《こうい》も、無駄じゃないと認《みと》めてくれたんですね！」

「うっ⁉」

急にひきつり、ぶつぶつと、「しまった……そうきたか」等《など》と呟《つぶや》きだす会長。

しばし腕《うで》を組んで「むー」と唸《うな》った末《すえ》、パッと笑顔になり、追加《ついか》の台詞《せりふ》。

「ただし、杉崎《すぎさき》以外！」

「おおい！　なんですかそれ！　なんで、俺一人を他の人類と分けるんですかっ！」

「だって、杉崎はそもそも私の中で『ヒト』の括《くく》りじゃないもの。名言《めいげん》は揺《ゆ》らがない！

普通《ふつう》の人は、どんなに無駄と思えることでも、成長できる！」

「だから、なんで俺だけ例外⁉　俺だって成長してますよ！」

「いいえ！　杉崎の場合は、経験を積《つ》めば積むほど、人として退化《たいか》しているわよ！　生徒会シリーズが文庫換算《かんさん》で二巻に至《いた》った現在でも、一巻時からまるでキャラが変わってないのがその証拠《しょうこ》！」

「く……。は、反論《はんろん》できない！」

俺は思わず押し黙《だま》る。会長は満足そうに微笑《ほほえ》んだ後、周囲《しゅうい》の生徒会メンバーを見渡《みわた》して、不敵《ふてき》に告げた。

「そんなわけで、今日は、勉強会をします！　生徒会役員たるもの、勉学に励《はげ》まなくてどうするの！　だから今日は、生徒会役員全体の平均成績《せいせき》の向上を図《はか》り、全員で勉強会をしようと思いますっ！」

そう言いながら、自分の鞄《かばん》から教科書とノートを取り出して、バンッと威圧《いあつ》的に机《つくえ》に置く会長。

椎名《しいな》姉妹《しまい》はすっかりキョトンとしていたが、知弦《ちづる》さんだけは、なぜか、ニヤニヤといつものように怪《あや》しい笑《え》みを浮かべていた。心なしか、会長は自信満々《まんまん》に振《ふ》る舞《ま》いながらも、チラチラと知弦さんの動向《どうこう》を気にしているようだ。

俺は二人の態度《たいど》の意味が分からず、首を傾《かし》げる。すると、知弦さんがこちらに気付き、ふふっと笑いながら声をかけてきた。

「キー君。ヒントあげる」

「はい？　ヒント？」

なんの話だろうか。頭に「？」マークを浮かべていると、知弦さんは、一言だけ、ウィンクをしながら呟いた。

「アカちゃんの成績」

「ちょ、ちょっと知弦！」

俺に向けられたはずの知弦さんの言葉に、なぜか会長の方が敏感《びんかん》に反応した。

俺はその様子から……ようやく、「ああ、そういうことか」と、全《すべ》てを悟《さと》った。それはどうやら椎名姉妹も同じことらしく、二人とも「ああ」と、それぞれ何かに納得《なっとく》したように頷《うなず》いていた。

つまり、こういうことだ。

自分が《優良枠《ゆうりようわく》》で入ったものだからすっかり忘《わす》れていたが、この生徒会は、基本、成績云々《うんぬん》関係なく、人気投票で集《つど》っている。だから、当然《とうぜん》頭のいい人間ばかりが集まるわけではない。生徒達を纏《まと》める機関《きかん》だというのに。

しかし、今年度の生徒会は、全《まった》くの偶然《ぐうぜん》だが、みんな割《わり》と成績はいい。学年トップの俺や、やり手すぎる知弦さんは言うまでもなく。深夏《みなつ》だってあれでいつも学年五番以内には入る万能《ばんのう》人間だし、真冬《まふゆ》ちゃんだって、そこまで突飛《とっぴ》でこそないものの、上《じょう》の中《ちゅう》ぐらいはキープしている。

しかし、こと会長に関《かん》しては成績が良いという噂《うわさ》を聞かない。それだけなら「平均《へいきん》ぐらいなのかな」とも思えるが、しかしさっきの会長の慌《あわ》てぶり、そして今回の唐突《とうとつ》な勉強会、更《さら》に会長の普段《ふだん》のダメ人間ぶりを考慮《こうりょ》すると……。

全員の視線《しせん》が集まる中、真冬ちゃんが、いつものように簡単《かんたん》にトドメを刺《さ》す。

「あの、会長さん……。もしかして、成績、悪いんですか？」

「にゃあっ⁉」

真冬ちゃんのグングニルより鋭《するど》い指摘《してき》により、思わず鳴き声を上げてひきつる会長。顔に汗《あせ》をダラダラかき、視線を逸《そ》らしながら「そ、そんなこと、にゃいわよ」と噛《か》みつつ反《はん》論《ろん》したことで、完全に確定してしまった。これは黒《くろ》だ。

しかし、これ以上追及《ついきゅう》するとそろそろ逆《ぎゃく》ギレされてしまいそうだ。俺達はとりあえずここは素直に勉強会の準備《じゅんび》をすることにした。……全員、「勉強中にいじってやろう」という意志《いし》が瞳《ひとみ》の奥《おく》に見え隠《かく》れはしていたが。

会長がこほんと咳払《せきばら》いする。

「え、と。とりあえず、学年は違《ちが》うけど、今日は全員で勉強しましょう」

「え？　どうやって？」

深夏が訊《たず》ねる。会長は自分の教科書をパラパラめくりながら答えた。

「たかだか一〜二時間全員で普通に勉強したって、そんなに効果《こうか》はなさそうだから。だから今日は、勉強のコツとか、テストのちょっとしたテクニックなんかを教えあおうかな……って」

会長は少し上目遣《うわめづか》いだった。

……皆《みんな》で教えあう、ねぇ。ここにいるメンバーは、正直《しょうじき》、会長を除《のぞ》いて、今更《いまさら》そんなものを必要としないぐらいには、勉強できるんだが。だからこれは……どうやら完全に、「会長のテスト対策《たいさく》」につき合わされているようだった。

ま、俺達は優《やさ》しいから、指摘《してき》しないけど。優しいから。とっても優しいから。

「じゃあ、始めましょうか」

知弦さんが場を仕切《しき》る。その瞳にも「ふふ、今日はいじるわよ」という欲望《よくぼう》が燃《も》え盛《さか》っていたが、それに全く気付かない会長は、「知弦ぅ」とすっかり感動していた。

「そうね……まずは、国語あたりからどうかしら、アカちゃん」

「いいわね。国語って、私、ホント苦手――。じゃ、じゃなくて、その、凄《すご》く出来るんだけど、いつも満点なんだけど、その、ほら、面倒《めんどう》なこと多いから！　うん！　だから、コッとか聞きたいわね！」

　会長が必死で取り繕《つくろ》っていた。……やべぇ。キタ。これ、キタ。可愛《かわい》い。今日の会長、

滅茶苦茶《めちゃくちゃ》可愛い。

　深夏や真冬ちゃんまでニヤニヤしてしまうほど、今日の会長は良かった。

「あ、じゃあ、真冬の得意《とくい》科目ですから、国語のコツは真冬にお任《まか》せ下さいっ」

　真冬ちゃんが自《みずか》ら名乗り出て、立ち上がる。会長はすっかり彼女を期待の目で見て、

「お、教えてっ！」と身《み》を乗り出してしまっていた。……演技《えんぎ》忘れているよ、会長。

　真冬ちゃんはこほんと一つ咳払いし、人差し指を立て、教師《きょうし》のように振《ふ》る舞《ま》う。

「いいですか、会長さん」

「うん！」

「まず、国語とはすなわち……シナリオです！」

「し、シナリオ？」

「そうです！　ゲームやアニメにおける、シナリオの部分にスポットを当てたもの。これ

が、国語です」

「は、はぁ」

「それを踏《ふ》まえた上で、考えてみましょう。例えば文章問題。『相手が攻撃《こうげき》を宣言《せんげん》したこの瞬間《しゅんかん》、トラップカードオープン！　手札《てふだ》のマジックカードは全《すべ》て墓地《ぼち》へ捨《す》てられる！』という文章があったとしましょう」

「絶対《ぜったい》そんな問題は出ないと思うけど……まあいいわ」

「では会長さん。この場面の後に考えられる、相手のリアクションとして最《もっと》も妥当《だとう》な台詞《せりふ》を答えて下さい」

「なんの問題⁉　それ、国語⁉」

「国語です！　まごうことなき国語です！　さあ！」

「うぅ……ええと……『うわぁ、しまったぁ』とか？」

「そんなことだから成績が悪いんですよ、会長さん！」

「ひゃうっ」

「いいですか。今の場合はこうです。『甘《あま》いな！　伏《ふ》せカードオープン！　この瞬間、トラップカードの効果は全て無効《むこう》となる！』ですよ！」

「分かんないよ！　逆転させるかどうかは、その人の匙加減《さじかげん》じゃない！」

「はぁ……。駄目《だめ》ですね、会長さん。会長さんには、クリエイティブ精神《せいしん》が足《た》りません」

「国語のテストにクリエイティブ精神持ち込むの⁉」

「当たり前です。もし、『ケイ君とヨウジ君、どちらが攻《せ》めでどちらが受《う》けでしょう。キャラクターの印象から割《わ》り出し、ベッドシーンを書きなさい』なんて問題が出たらどうするつもりですか」

「とりあえず教師を殴《なぐ》るでしょうね」

「そんなことだから駄目なのです！　いいですか！　そこは、出題者さえ悶《もだ》えさせる文章を書いてこその、真《しん》のボーイズラバーなのですよ！」

「なにボーイズラバーって！　そもそも目指《めざ》してないしっ！」

「……ふぅ。仕方ありません。会長さんには、どうやら国語の才能《さいのう》がないようです」

「完っ全に、ボーイズラバー基準《きじゅん》だけで判《はん》じたよねぇ、今！」

「真冬から言えることは、もう何もありません。次の教科に移《うつ》りましょう」

　そう言って、真冬ちゃんが着席する。会長はげんなりして、「……なんか今日って、例の、私がアウェーの日っぽいわね……」と落ち込んでいた。可哀想《かわいそう》に。……やめないけど。

　真冬ちゃんの、とってもタメになった国語のコツ講義《こうぎ》が終わり、これまたいつものように、次は深夏が立ち上がる。

　会長はそれをまるで期待《きたい》のなくなった目で見守り、ふと、首を傾《かし》げた。

「深夏って、何か得意教科とかあるの？　体育が得意なのだけは分かるけど……」

その問いに、深夏は、「よくぞ聞いてくれたっ」と胸《むね》を張った。

「あたしは、なんと数学が得意なんだぞっ！」

『え』

「おい、なんで会長さんだけじゃなくて、全員で意外そうな顔してんだよ」

「い、いや……」

俺《おれ》は汗《あせ》をかきながら、作り笑顔を深夏に向ける。他の皆も、ぎこちない笑いを浮かべていた。

……なんか意外すぎた。成績がいいのは知っていたから、勉強できるという認識《にんしき》はあったはずなのに、それでも、「数学が得意」発言は、普段の深夏を知る人間達からすると結《けっ》構驚異的《こうきょうい》だった。

知弦さんが嘆息《たんそく》しながらポツリと呟《つぶや》く。

「なんか……キャラがぶれちゃったわ、私の中で」

「なんで残念そうに言うんだよっ！」

真冬ちゃんも、浮かない顔だった。

「真冬は……お姉ちゃんの知ってはいけない一面を知ってしまった気がします」

「だから、どうして禁忌扱《きんきあつか》い!? 妹なら、普通に受け容《い》れろよ！」

「……お姉ちゃんはもう、真冬の知っているお姉ちゃんじゃ……ないんだね」

「重いよ！　今のセリフだけ抜き出したら、とんでもなくシリアスなシーンみてぇだよ！」

「でも、真冬、信じてるからっ！　お姉ちゃん！」

「まるで姉がダークサイドに落ちてしまったみたいなノリやめろよ！」

真冬ちゃんに続き、俺も、深く溜息《ためいき》をつく。

「なんだかなぁ。こう、ヒロインとしてイマイチバランスとれてないなぁ」

「そのバランス必要か⁉」

「本来なら、深夏は、なんていうか……『運動は出来るけど、勉強はからっきし駄目だぜ！』『数字を見たら、目がグルグルする』みたいなキャラであるべきっていうか」

「性格で得意分野《ぶんや》まで決めつけんなよ！」

「だって、お前、『数学得意という要素《ようそ》に激《はげ》しく萌《も》える』なんてレス、2ちゃんねるで見たことあるか？」

「そもそも萌えなんて追求してねぇから別にいいよ！」

「なんだかなぁ。……なんだかなぁ」

「阿藤快《あとうかい》かっ！」

「深夏らしくないなぁ。うん。深夏らしくない」

「あたしを差し置いて、あたしを語るなよ！　何様《なにさま》だよっ！」

深夏は俺達を全力《ぜんりょく》で怒鳴《どな》りつける。……ううん……この熱血《ねっけつ》深夏が、数学得意、かぁ。

……ぶれてるなぁ。

知弦さんも真冬ちゃんも俺と同様嘆息し、会長は、それを見て苦笑《にがわら》いを浮かべていた。

深夏はしばらく拳《こぶし》をぷるぷる震《ふる》わせていたが、数秒後、「とにかく」と話を仕切りなおした。

「会長さん、数学のコツ、教えてほしいんだろう？」

「あ、うん。……て、っていうか、えと、わ、私は全教科出来るんだけどねっ！　ほら、杉崎達は聞きたいだろうから、その、だ、代表して私が聞くだけでっ！」

「そっか。……まあいい、じゃあ教えてやる。心《こころ》して聞けよ」

「う、うん」

そこで一息《ひといき》ついて……深夏は、まるでさっきの鬱憤《うっぷん》を晴らすかのように、会長を暗い目で見つめた。

そうして、深夏の講義が始まる。

「数学っつうのは、いわば、パズルだ。与えられたピース（数字）を、枠《わく》（式）に当てはめれば、必ず完成する」

「な、なんか、思っていたより本格的な語りだしね……。これはちょっと期待できそうかも」

「つまり、言っちゃえば、ピースは問題の中に散《ち》りばめられるのだから、あたし達が用意するべきはただ一点！」

「そ、そうかっ！　勉強は方程式《ほうていしき》だけに集中しろと、そういうこと――」

「違う！　用意するのは……『圧倒的武力《あっとうてきぶりょく》』！」

「…………。……はい？」

「考えてもみろ、会長さん。テスト問題にピースは揃《そろ》っているんだ。だったら、その完成形を知る一番早い方法は……」

「方法は？」

「隣《となり》のヤツに見せて貰《もら》えばいい！　武力で脅《おど》して！」

「それを人はカンニングと言うよ！」

「違う。相手も同意《どうい》の上だ。こそこそ見るのと一緒《いっしょ》にされちゃあ困《こま》るぜ」

「強盗《ごうとう》が泥棒《どろぼう》をけなしているようにしか聞こえないんだけれど！」

「分かってないな、会長さん。テストってぇのは、本来、『生徒の実力を測《はか》るためのもの』

だ。その意味において、自分の能力をフル活用して点数を取りにいくことの、どこに悪いことがある！」

「強《し》いていうなら、全部悪い」

「正攻法《せいこうほう》で点数を取りに行く生徒もいれば、武力で数学の点数を取りに行く生徒もいる！それこそが、個性《こせい》を伸《の》ばす教育だとは思わないかっ、会長さん」

「犯罪者《はんざいしゃ》を育成《いくせい》する教育、の間違いじゃない？」

「さあ、今こそ会長さんも、この『深夏ズ・ブートキャンプ』でトレーニング！　筋肉《きんにく》で数字を摑《つか》み取れ！」

「その発想《はっそう》はなかったわ」

「今なら『鍵盤《けんばん》連合ステッカー』もついてくる！」

「激《はげ》しく在庫《ざいこ》処分《しょぶん》の匂《にお》いがするわね」

「そしてなんとっ！　今回は椎名深夏の直筆《じきひつ》サインまで！」

「ワーイ、ウレシイナー」

「お値段据《す》え置《お》き、二円」

「怖《こわ》い！　その価格破壊《はかい》ぶり、逆に怖いわ！」

「ふぅ……。もう、これで、あたしに教えられることはなにもねぇ」

「まるで一子相伝《いっしそうでん》の技《わざ》を弟子《でし》に託《たく》した後の師匠《ししょう》みたいに清々《すがすが》しい顔しているけど、私、今教わったことは早めに忘《わす》れようと決意しているからね？」

会長をすっかり置き去りにしたまま、深夏は満足そうにふんぞり返っていた。

……真冬ちゃんなんかは、ふざけていることを自覚《じかく》して喋《しゃべ》っていただろうけど、深夏の場合、半分ぐらい本気で言ってそうだから怖い。『深夏ズ・ブートキャンプ』ぐらいなら、実はもうあるのかもしれない。なんせ鍵盤連合グッズが既《すで》に商品化されているぐらいだからな……。

会長はさっさと次の教科の勉強に移りたいのか、俺と知弦さんを交互《こうご》にチラチラみていた。不安と期待が半々《はんはん》ぐらいに入り混《ま》じった、とても嗜虐心《しぎゃくしん》をくすぐるいい目をしている。

俺や知弦さんなんていうのは、先陣《せんじん》切って会長をいじる人間だが、それと同時に、三年生のトップと二年生のトップという、二大「成績優秀者《ゆうしゅうしゃ》」でもある。

更に、二人とも才能云々《うんぬん》よりは努力（知弦さんの場合は趣味も兼《か》ねているが）で成績をとっている人間だから、会長からしたら、「いいコツを知っていそう」でもあるのだろう。

だから、期待と不安が半分半分。

結論から言っちゃえば、会長が求めるようなコツは、俺も、ある程度《ていど》知っている。そりゃ一日に何時間も勉強ばっかりしてテスト対策講《たいさくこう》じてりゃあ、自分なりに方法論だって見えてくる。

先生ごとの出題傾向《けいこう》とか。

テスト範囲《はんい》を伝える際《さい》の言葉は、可能《かのう》な限り全部メモっとけー、とか。

選択肢《せんたくし》問題での有効《ゆうこう》的消去法とか。

まー、なんていうか、そういう……言葉を聞くだけで一朝一夕《いっちょういっせき》に身《み》についてしまう、ちょっと反則気味《はんそくぎみ》のテクニックは、あるにはある。

しかし……。

「杉崎は、得意教科なに？」

会長が俺《おれ》に一縷《いちる》の望みを託《たく》すかのような目で迫《せま》ってくる。……さて、どうしたものか。

真面目《まじめ》ーなこと言うなら、「それじゃ力にならない」で終わるんだが。

だが、ここで恩《おん》を売って、好感度《こうかんど》をアップという選択肢も捨《す》て難《がた》い。

これがギャルゲーでも、結構迷《けっこうまよ》う選択肢だ、これは。

つまり。

会長「杉崎……おしえて？」

俺「会長……」

さて、どうする？
・コツを教えてあげる
・「それじゃ力にならないよ」と、優《やさ》しく諭《さと》す
・抱《だ》く

　っていうことだろう？

　三番目の選択肢は、ゲームだったらクイックセーブしてから一回選んで、一通りイベント見てCG回収終わったらクイックロードするカタチで対処《たいしょ》するが、現実でやるとエライことになりそうなので、残念だが却下《きゃっか》。

　それでいて、残り二つの選択肢は、なんかどっちでもイケそうだ。二番目のも、なんだかんだで最終的に好感度上がりそうだし。一番は、無難《ぶなん》に好感度上がるだろう。

「むー……」

「す、杉崎？　どうしたの？　急に腕なんて組んで……」

「ちょっと待って下さい会長。俺は今、重要《じゅうよう》な岐路《きろ》に立たされているんです」

「は、はぁ」

「ここの選択肢次第《しだい》で、俺が会長を抱けるかどうかが変わってくるんです！」

「変わんないわよ！　こんな雑談《ざつだん》でほいほい私の感情が変わるわけないじゃない！」

「分かってませんねぇ、会長。ギャルゲーだと、たった一回、軽いフラグを立て忘れただけでまるで違うENDに行っちゃうことなんてザラですよ？」

「杉崎は本気でこの世界をギャルゲーと同一《どういつ》に捉《とら》えているフシがあるよねぇ！」

「馬鹿《ばか》な。そんな、ゲームと現実をごっちゃにして犯罪に走る青少年を見るような目をしないで下さい」

「確実《かくじつ》に予備軍《よびぐん》でしょうがっ！」

「失礼な。そもそも、犯罪とゲームを結びつける発想《はっそう》が、俺は大嫌《だいきら》いです」

「アンタみたいなのがいるせいじゃない！」

「なにを寝《ね》ぼけたことを……。ギャルゲ信者《しんじゃ》の俺が、実際《じっさい》に女の子を落としたところを、見たことあるんですか？」

「な、無いわね……」

「でしょう。ゲームと混同《こんどう》していない証《あかし》です」

「単《たん》に現実が厳《きび》しいだけじゃないかしら、それ」

「ふ……。なにを言うんですか会長。俺が本気になれば、美少女の一人や二人、簡単《かんたん》に落ちますよ」

「また見栄《みえ》張って……」

「む。そこまで言うなら、見せてあげますよ、会長。俺の真《しん》の実力を……主人公としての真の実力をね！」

杉崎鍵《けん》は桜野《さくらの》くりむを攻略《こうりゃく》したっ！

「ほうら、さすが一人称《いちにんしょう》小説の主人公。地の文の改竄《かいざん》ぐらい、朝飯前《あさめし》ですよ」

「完全に反則技じゃないの！　事実無根《むこん》だし！」

「事実無根？……まあ、そういうことにしておいてあげましょうかね。読者の手前《てまえ》」

「やめてよそういう発言！　っていうか、ギャルゲーより、むしろ、その相変わらずの『自分は主人公認識《にんしき》』が一番危《あぶ》ないわよ！　確かに、この生徒会の活動を記《しる》した小説の執《しっ》筆者《ぴっしゃ》は杉崎だけど、それと現実を混同するのはやめなさい！」

「……分かりました。すいません。会長を抱くのは、小説内だけにします」

「それもやめなさい！」

「ええー」

書いてやろうと思っていたのに。濡《ぬ》れ場《ば》。読者も読みたいよねえ？

「いい加減《かげん》ふざけるのはやめて、コツ、教えてよ」

「んー、そうですねー」

実は、時間稼《かせ》ぎの意味もあってふざけていた部分が多少ある。この会長が気付いたとは思えないが、確かに、そろそろ限界《げんかい》だった。

そっと知弦さんを見る。「好きにしていいわよ」というアイコンタクトが飛んできていた。

そうだなぁ……。

俺は心を決めて、会長に向き直る。

「んじゃあ、まあ、当たり障《さわ》りのないのを。教科書読む時間あったら、ノート読んだ方がいいですよ、会長。マメに板書《ばんしょ》しているなら、ですが」

「？　なんで？　出題範囲《はんい》は教科書で指定されるよ？」

「そうですけど。全国一斉模試《いっせいもし》とかなら教科書基準で勉強すべきですけど、中間試験や期末試験……つまり、教師が自分でテスト問題を作る場合は、確実に、授業でその部分に言《げん》及《きゅう》します。とりあえずこの学校には、授業でやってないところからテスト問題出すような意地悪《いじわる》な出題をする教師はいないですから」

「あ、そうか。ノートって、授業内容の要点纏《ようてんまと》めたものだもんね。そこを押さえておけば、

「大丈夫ってことかー。なるほどねー」

「当然、教科書も読むにこしたことはないですけどね。でも、相対的《そうたい》な優先順位《ゆうせんじゅんい》では、ノート……つまり、授業内容を押さえる方が先ってことです。分かりました？」

「うん！　凄《すご》く、ためになった！」

っていうか、そこらは、俺じゃなくても、普通の生徒なら知っているぐらいの知識《ちしき》なのだが。案《あん》の定《じょう》会長は、全然知らないようだった。

やっぱり……会長の点数が悪いのは、けして、「頭が悪い」ってだけが原因《げんいん》じゃないようだ。なんていうか、真面目《まじめ》で純粋《じゅんすい》なんだ、この人は。出題範囲を言われたら、その範囲、まるまる全部愚直《ぐちょく》に勉強しなおしちゃうっていうか。

そりゃ、必死《ひっし》にもなる。数ヶ月かけて授業でやったことを一日二日で丸々《まるまる》復習なんて、物理的《ぶつり》に無理な相談だ。

まあ、そういう真面目さを持っている割には、普段はついついだらけちゃうっていう、難儀《なんぎ》な性格の人なんだけど。だから、これぐらいのアドバイスは許容《きょよう》範囲だろう。

俺はその後もちょっとした、一般的なレベルの勉強テクニック（テストにおけるテクニックは控《ひか》えた）を会長に紹介《しょうかい》した。

会長はすっかり上機嫌《じょうきげん》になり、俺に何度も「ありがとうっ」を繰《く》り返してくれる。もう、自分の「出来るキャラ」作りを忘れてしまっているようだ。……なんか、こんな風《ふう》に純粋に子供の目で礼《れい》を言われちゃうと、さすがの俺《おれ》も、好感度がどうとかそんなことどうでもよくなってしまうなぁ。相変わらず、ズルイ会長だ。

そうして、俺からコツを聞き終えた会長は、そのままニコニコと、今度は知弦さんの方に振り返った。

「知弦も、コツとかあるの？」

その期待しきった目をした会長に、知弦さんはふっと笑い、そうして、満面《まんめん》の笑《え》みを浮かべて、一言。

「無いわね。日々の努力が全《すべ》てよ、アカちゃん」

「ああ、会長さんがバッサリ斬《き》られたっ！」

知弦さんのあまりに素《そ》っ気《け》無い対応に、深夏が思わず叫《さけ》ぶ。

当《とう》の会長は、空中に「ガーン」と書いてやりたいほどに如実《にょじつ》にショックを受けた様子で涙《なみだ》ぐんでいた。

「う、うぅ、知弦ぅ」

「泣きそうな声出しても駄目《だめ》。私は今回、アカちゃんに何も教えない」

「な、なんでよぉ。私、完全に知弦のノートとかアテにしてたのにぃ！」

ぽかぽかと、知弦さんに殴《なぐ》りかかる会長さん。

会長ぉー、それ、世間では『逆ギレ』って言うと思います。

「アカちゃん。テストっていうのは、日々の勉強の成果《せいか》を試《ため》すイベントなの。今更《いまさら》あがくなんて、見苦《みぐる》しいわよ」

「て、テスト勉強ぐらい、皆するじゃない！」

「そうね。私に迷惑《めいわく》かけないなら、自由にして下さって結構《けっこう》よ？」

「う、うぅ？」

知弦さんのクールな対応に戸惑《とまど》いを隠《かく》せない会長。俺達も、今日の知弦さんはいつもよりかなり厳《きび》しい気がしたため、三人で顔を見合わせる。

知弦さんはちらりと俺の方を見ると、会長に悟《さと》られないように、ニィっと口の端《はし》を吊《つ》り上げた。……ああ、完全に遊びモードに入っているんだな、この人。椎名姉妹にもそれが分かったらしく、二人で苦笑していた。

会長だけが、一人で、泣きそうになりながら知弦さんの制服の裾《すそ》を引《ひ》っ張《ぱ》る。

「知弦ぅ。私達、親友よね」

「そうね。『対等《たいとう》な』、親友よね」

「うっ」

会長が再《ふた》び斬られていた。なんとなく、さっきは袈裟《けさ》斬りでバッサリ、今回は返す刀《かたな》でつばめ返しを喰《く》らったようなイメージ映像が脳内《のうない》に再生された。

しかしそれでも会長はめげずに喰らいつく。

「え、ええと、でも、ほら、ちょっとしたコツぐらい……」

「ない」

ザシュッ！

「た、対等な友人でも、アドバイスのしあいぐらいすると思うんだけど……」

「アカちゃんは私に何かアドバイス出来るの？」

ザシュザシュッ！

「う、えーと……。そ、そうだ！　知弦、こんなの知ってる？」

「知ってる」

「まだ何も言ってないよ！」

「アカちゃん如《ごと》きの知識《ちしき》、私のデータベースは全て網羅《もうら》していると思うけど」

ブシャアァッ！

「じゃあじゃあ、ほら、ギブ＆テイク！　知識では知弦と取引できないかもしれないけど、他のことと交換《こうかん》なら……。ええと、コツを教えて貰《もら》う代わりに、ジュースを一本——」

「買収《ばいしゅう》に走るとは、堕《お》ちたものね、生徒会長」

ズシャズシャズシャァッ！

「く……。わ、分かったわよ！　なによ！　知弦なんて……知弦なんて、もう、絶交《ぜっこう》よ！」

「そう。アカちゃんはそういう子だったのね。自分にメリットのある人間としか友達になれない、悲《かな》しい思想の持ち主だったのね……失望《しつぼう》したわ」

「う……。ウわぁぁぁぁぁぁぁぁぁぁぁぁぁん！」

バタリ！

コンボ終了。結果。桜野くりむ、完膚《かんぷ》なきまでに死亡《しぼう》。遂《つい》に机《つくえ》に突《つ》っ伏《ぷ》し、おいおいと泣き始めてしまった。

「きょ、今日の紅葉《あかば》先輩《せんぱい》はいつになく厳しかったですね……」

真冬ちゃんが少し怯《おび》えながらそんなことを呟《つぶや》く。それに対し、知弦さんはやはりニィッと怪《あや》しく笑うだけで返すと、直後、自分の鞄《かばん》からノートを取り出した。何をするのか分からずキョトンとその様子を俺達が見守っていると、知弦さんは席を立ち、ノートを持ったまま会長の背後に回る。

そうして、トンと、優《やさ》しく、会長の背を叩《たた》いた。会長が「ふぇ？」と赤くなった顔を上げる。すると、知弦さんは会長の目の前に、そっと自分のノートを差し出した。

「こ、これって……知弦？」

「うふふ。仕方ないわね、アカちゃん。私達……やっぱり親友だもの。私にメリットなんて何にもないけど……ノート、貸《か》してあげる。だから泣き止《や》んで？　ね？」

そう言いながら、ふわりと、背後から会長を抱きすくめる知弦さん。その行動に会長は、「ふぇぇ」と再び泣き出してしまった。今度は……安堵《あんど》と嬉《うれ》しさから。

（あ、汚《きた》ねぇ！）

ことここに至《いた》って。

ようやく俺、杉崎鍵にも、今回の知弦さんの意図《いと》が理解《りかい》できた。椎名姉妹も、それぞれ「なるほど……」等《など》と呟きながら、ある種《しゅ》感心した目で知弦さんを見ている。

その知弦さんはと言えば、会長を抱きしめながら、会長の見えないところで、こちらに不敵《ふてき》な笑いを見せていた。その目は俺に向けられ、明らかに「どーよ、キー君」と言っているみたいだ。

（や、やられたっ！　なんてやり手なんだ……紅葉知弦！　飴《あめ》と鞭《むち》の使い方がうますぎる！　結局今回一番好感度上がったのは、知弦さんじゃないかっ！　しかも、こんな大イベントが締《し》めにあっては、さっきの俺のコツ教授《きょうじゅ》による地味《じみ》な好感度アップなんて全部吹き飛んだに違いない！　やられた！　完全にやられたっ！）

そういうことだった。

ようやく……ようやく謎《なぞ》が解《と》けた。会長がいつも知弦さんに依存《いぞん》しがちなのは、普段《ふだん》からのこういう洗脳行動が積《つ》み重《かさ》なってのことなんだ。なんて……なんてテクニック！

会長が感動で泣き続けている中、俺は、キッと知弦さんを睨《にら》みつけた。

そうして……アイコンタクトで、彼女に告《つ》げる！

（知弦さん！）

（あら、なにかしらキー君。そんなに興奮《こうふん》しちゃって）

（貴女《あなた》って人は……）

（あらあら、嫌《きら》われちゃったかしら？）

（いえ、違います。むしろ全く逆です！）

（逆？）

（ええ。知弦さん……）

俺はそこで一回目を瞑《つむ》って間《ま》をおく。そうして……次の瞬間《しゅんかん》、カッとその目を見開いて意志を伝《つた》えた。

（是非《ぜひ》とも俺にその教科……人心掌握術《じんしんしょうあくじゅつ》のコツを！）

（キー君まで私にコツを教わりたいの？）

（是非！）

（そうねぇ……）

知弦さんは思案するように視線《しせん》を空中に彷徨《さまよ》わせ……そして数秒後、ニコリと、俺《おれ》に微笑《ほほえ》んだ。

（駄目）

（そ、そんなっ！　どうして！）

（こういうのは、それこそ、自分で経験《けいけん》を積むしかないのよ、キー君）

その知弦さんの、生徒会仲間とは思えない冷たい対応に、俺は愕然《がくぜん》とする。

なんでだよ……知弦さんっ！

（お、俺がハーレム目指してるの知っているクセに！　なんでそんな意地悪を！）

（ハーレムは、自分の力で形成《けいせい》してこそ、価値《かち》があるのよキー君）

（っ！　それは……そうですがっ！　しかしっ！）

（しつこい男は嫌いよ、キー君）

（っう）

そうして、知弦さんにバッサリと斬り捨てられた俺は、がっくりとうな垂《だ》れてしまった。

……畜生《ちくしょう》。なんでだよ……なんで。ちょっとしたコツぐらい、教えてくれたっていいじゃないかよ……。

「お、おい、鍵。そんなに気ぃ落とすなよ」

「そうですよ、先輩」

俺と知弦さんのアイコンタクトが分かっていたのか、椎名姉妹が俺を励《はげ》ましてくる。

俺はそれに苦笑いを返すことしか出来なかった。

そうこうしている間に、会長はすっかり元気を取り戻《もど》し、「よぉし!」と、早速《さっそく》知弦さんのノートを元《もと》に勉強を開始してしまっている。知弦さんも自分の席に戻り、いつものように教科書を広げ、椎名姉妹も、各々《おのおの》軽く勉強を始めていた。

そんな中、俺は一人、知弦さんにハーレムへの近道を教えて貰《もら》えなかったショックに、ただただうな垂れていた。

ジッと、白い長机《ながづくえ》の表面を見つめる。——と、唐突《とうとつ》に、スッとその視界に一枚のルーズリーフが差し出された。内容は……。

「『アカちゃんを攻略《こうりゃく》するための十のポイント』……って、これ」

ハッとして、目の前の知弦さんを見る。彼女は、「しょうがないわねぇ」といった表情で、俺を優《やさ》しく見つめてくれていた。

ち、知弦さん！　なんて……なんていい人なんだ！

思わず涙が出てくる。

ああ、貴女は女神《めがみ》かっ！　こんなに慈愛《じあい》に満《み》ちた人を、俺は他《ほか》に知らない！

ルーズリーフを見る。裏表《うらおもて》にわたりびっしりと、俺のためのアドバイスが書き連ねられていた。再び涙が流れ出る。

（俺、知弦さんに一生《いっしょう》ついていきます！　ビバ、知弦さん！）

俺が知弦さんに熱い視線を向けると、彼女は、ただただ、ニコリと微笑《ほほえ》み返してくれるのだった。

この瞬間。

杉崎鍵の心は、完全に打ちぬかれたのだった。

………。

「ホント、恐《おそ》ろしいよな……。紅葉先輩の人心掌握術は。あれこそ、一体どこで学んだんだか」

深夏が俺の方を見て何か言っていたが、その時、俺の心は完全に知弦さんに捉《とら》えられ、その言葉の意味は分からなかった。

知弦さんは、相変わらず、「うふふ」と優しそうに微笑んでいる。

知弦さん、バンザイ！　知弦さん、バンザイ！　知弦さん、バンザイ！

＊

結果報告

・結局桜野くりむは赤点をとった。彼女は教師《きょうし》に追試《ついし》を告知《こくち》された際、意味不明の言葉、「ノートが嘘《うそ》つきだったの！　私が悪いんじゃないの！」を何回も繰《く》り返し叫《さけ》んでいたが、その体格《たいかく》が災《わざわ》いし、教師に速《すみ》やかに連行《れんこう》されてしまった。

・杉崎鍵という生徒が警察《けいさつ》に補導《ほどう》された。彼は警官《けいかん》に対し、「違《ちが》う！　これは神聖《しんせい》なおまじないなんだ！　女性《じょせい》用水着を身につけて街《まち》を闊歩《かっぽ》することによって、意中《いちゅう》の女性と結ばれるって、ちづ――」などと主張していたが、その瞬間どこからか吹《ふ》き矢《や》が飛来《ひらい》、首筋に命中《めいちゅう》、そして昏睡《こんすい》。起きた時には一連《いちれん》の事件の記憶《きおく》をすっかりなくしてしまっていた。事件の真相《しんそう》は未《いま》だ、闇《やみ》の中である。

【第六話～揺《ゆ》らぐ生徒会～】

「友情《ゆうじょう》という絆《きずな》ほど、固《かた》く、美しいものはないのよ！」

会長がいつものように小さな胸《むね》を張ってなにかの本の受け売りを偉《えら》そうに語——れなかった。

「それは違《ちが》うな」

どこからか会長の名言を即座《そくざ》に否定《ひてい》する声が響《ひび》き、直後、ガラガラと生徒会室の扉《とびら》が開く。そしてこちらが何か言う前に、その闖入者《ちんにゅうしゃ》は、まるでここが我《わ》が家《や》とでも言わんばかりの態度《たいど》で俺達《おれたち》の聖域《せいいき》に踏《ふ》み込《こ》んできた。

「………………」

あまりにこの生徒会の『日常』『恒例《こうれい》』を簡単《かんたん》に破壊《はかい》してズカズカと入り込んできたものだから、全員……知弦《ちづる》さんまでも、呆気《あっけ》にとられて、何も言えなくなってしまっていた。

言うべきことは沢山《たくさん》あったのに。そもそも、この生徒会室は教師《きょうし》も殆《ほとん》ど来ない（来る必要が無い）場所だし、生徒にしても直接生徒会室に用事を持ち込む人間なんて、まずいない。あの藤堂《とうどう》リリシアだって、少なくとも、ノックぐらいはする。

まさに、ある意味では私室《しっ》。俺達五人だけの、心許《ゆる》せる場所。

だからこそ。

ただ「学校の一教室に、教師らしき人間が入って来た」ってだけの事象《じしょう》に、俺達は、酷《ひど》く狼狽《ろうばい》してしまった。対応できぬまま事態《じたい》が推移する。

いつの間にか『彼女』は、部屋の端《はし》から折《お》りたたみ椅子《いす》を勝手に持ち出し、会長と対面《たいめん》の下手《しもて》の席にどんと鎮座《ちんざ》していた。

ことここに至《いた》って、ようやく、俺はその人物がとんでもない美人だってことに気がついた。……この杉崎鍵《すぎさきけん》が、美人を、それと認識《にんしき》するまでにこれほどの秒数を要《よう》するとは……思っている以上に、俺は、動揺《どうよう》しているらしい。

綺麗《きれい》な……いや、綺麗すぎる女性だった。あまりに綺麗すぎて、こちらがまるで浮《うわ》ついた気分になれない。気後《きおく》れする。性別を通り越《こ》し、「見たものが人類《じんるい》としての自信をなくす」ような美人だった。攻撃《こうげき》的な美、とでも言うのだろうか。

アップに纏《まと》められた艶《つや》やかな闇《やみ》色の髪《かみ》に、感情がまるで読み取れない不敵《ふてき》な微笑《びしょう》。スラリとした体軀《たいく》は、それを強調するタイトな紺《こん》色のスーツに覆《おお》われている。パッと見《み》はキャリアウーマンを連想《れんそう》させるが、それでいて胸元《むなもと》だけがだらしなくはだけていることで、いい意味での隙《すき》、そして女性らしさをも醸《かも》し出していた。

この堂々《どうどう》とした様子ならば、少なくとも保護者等《とう》ではなく教師なのだろうが、それにしても高校の一教師離《ばな》れした大物感《おおものかん》さえ漂《ただよ》わせている。

そんな相手のせいか、全員、俺と同じように黙《だま》り込《こ》んでしまっていた。色々《いろいろ》なことが想定外《そうていがい》で。俺と知弦さんは「流れを持っていかれてはまずい」という危機感《ききかん》を既《すで》に抱《いだ》いてはいたのだけれど、それだけに、慎重《しんちょう》にならざるをえず、結果……

「友情が固い？　美しい？　はは、久々《ひさびさ》に聞いたよ、そんな薄《うす》っぺらい言葉」

「な……」

会長がムッとした顔をするが……その時、女性は、会長を見ていなかった。俺と知弦さんをサッと一瞥《いちべつ》する。……ああ、こちらの思考は完全に読まれているなと、悟《さと》った。

そして理解《りかい》した。彼女は、完全にタイミングをはかってこの生徒会に闖入してきたのだということを。ここまでの流れは、どうやら全《すべ》て彼女の掌《てのひら》の上にありそうだということ。

（やばい。俺達より数枚上手《うわて》だ、この人）

それが分かってしまうぐらいには、俺も知弦さんも聡《さと》かった。こういう狡猾《こうかつ》さの比《くら》べ合いは、初対面《しょたいめん》で全てが決する。俺は知弦さんと出会った時に「この人には敵《かな》わないな」とすぐ諦《あきら》めたが、今回は、その知弦さんにおいても、白旗《しろはた》を上げたのが分かった。

そして厄介《やっかい》なのは、この序列《じょれつ》はそうそうひっくり返らないってことだ。上手の人はいつまでたっても上手で、一朝一夕《いっちょういっせき》に越《こ》えられるものでも、人数で対抗《たいこう》できるものでもない。たった一人の優秀《ゆうしゅう》な軍師《ぐんし》がいるだけで、その軍が圧倒《あっとう》的に強くなるのと同じ理論《りろん》だ。狡猾さっていうのは、優劣《ゆうれつ》の差が大きすぎる。「一枚上手」の「一枚」は、あまりにも分厚《ぶあつ》い。

そのためこの時点で俺と知弦さんの間には絶望《ぜつぼう》ムードが漂ってしまい、そしてその空気を椎名《しいな》姉妹《しまい》も読んで、生徒会室はなんともいえない緊張《きんちょう》感に包《つつ》まれていたのだけれど……。

「名言を、薄っぺらいなんて一言で済《す》まして斜《しゃ》に構《かま》えている人間こそが、実際《じっさい》は一番薄っぺらいのよ！」

約一名、空気だとか序列だとか全《まった》く読まない人間が、その緊張感を打ち破《やぶ》った。いや、打ち破ったというより……引っ掻《か》き回した。

その時既に俺や知弦さんとしては、本当はもうちょっと慎重に言葉を選ぶことを望んでいたのだけれど……。

「ふふっ……」「ははっ」

そんなことはさておき、思わず少し笑ってしまった。会長の相手を選ばない啖呵《たんか》が、あまりに見事《みごと》すぎて。

途端《とたん》、生徒会室の空気が幾分弛緩《いくぶんしかん》する。美人女性はそれをなぜか楽しそうに眺《なが》めると、「そうだな」と、会長の言葉に頷《うなず》いた。意外な対応に、会長は「ふへ？」と素《す》っ頓狂《とんきょう》な声をあげる。

「そうだな、お前の言う通り。斜に構えた人間ほどいけ好かないものはない。悪かった」

「え……ええ！　そう！　分かればいいのよ！」

会長がえへんと胸を張る。……時折《ときおり》、この会長の性格が心から羨《うらや》ましくなる。

いつまでも会長と謎《なぞ》の女性にばかりペースを握《にぎ》られているのも癪《しゃく》だ。俺も動かなくては。こほんと咳払《せきばら》いし、鋭《するど》い視線《しせん》で女性を睨《にら》みつける。

「それで、どちら様《さま》でしょうか？　俺達に分かるのは、部屋に入る際《さい》はノックしなさいという教育さえ受けてない人間だってことだけですが」

俺のトゲのある言葉に、彼女は苦笑《くしょう》した。目上《めうえ》の人間に対する態度《たいど》ではないと自覚していたが……。それだけ、俺達にとってこの生徒会への「他者《たしゃ》の侵入《しんにゅう》」は受け容《い》れがたいものだっていうことだ。

彼女は胸の前でゆったりと腕《うで》を組み、観察《かんさつ》するように俺の顔を眺《なが》め回す。

「ほう。副会長、杉崎鍵。《優良枠《ゆうりょうわく》》で入った生徒とは聞いていたが……なるほど、人気投票メンバーと同等《どうとう》かそれ以上にクセがあるとはな。面白《おもしろ》い」

「楽しんでくれているところ大変恐縮《きょうしゅく》ですが、ここは関係者以外立ち入り禁止《きんし》です。どうしても入室したいなら、副会長たる俺と肉体《にくたい》関係を持ってから、出直して下さい」

「面白いヤツだな。まぁ、いいじゃないか。自分で言うのもなんだが、私は美人で聡明《そうめい》だぞ。ここに入る資格《しかく》は持ち合わせていると思うが」

「俺のハーレム基準《きじゅん》は厳《きび》しいんです。美人なだけで入れると思ったら大間違《おおまちが》いです」

俺のその言葉に、なぜか会長が「杉崎……」とちょっと感動していた。……アンタは変なところに食《く》いつくな。誰《だれ》かこの緊迫《きんぱく》した状況《じょうきょう》を解説《かいせつ》してやれ、おい。

謎の美人女性は「くくっ」と特徴《とくちょう》的な笑いを漏《も》らすと、なぜだか心底《しんそこ》楽しそうにしながら食い下がる。

「じゃあ、他《ほか》の基準はなんだ。それも私はオールクリアしている自信があるぞ」

「俺を好きであること」

そう言った途端《とたん》、生徒会中から「私（あたし）も、その条件を満《み》たしてない」という感情を含《ふく》んだ視線をビシビシ受けたが、無視《むし》。

俺の要求に女性は……急に俺を上目遣《うわめづか》いで見ると、その瞳《ひとみ》をうるうるさせ、あろうことかはだけた胸の谷間《たにま》を強調しながら、今までとはうって変わった猫《ねこ》なで声で呟《つぶや》いた。

「鍵くん、だぁい好き。私……この身を捧《ささ》げてもいいわ」

「よし、合格《ごうかく》です」

鼻血《はなぢ》をダラダラ流しながら、笑顔で「グッ！」と親指を突き出す俺《おれ》。瞬間《しゅんかん》、全員がずっこけてしまった。

深夏《みなつ》が叫《さけ》ぶ！

「合格したっ⁉　っていうか今までの緊迫した空気はなんだったんだよ、おい！」

「いやぁ、美人にあそこまでされちゃあねぇ」

「ただ軽く誘惑《ゆうわく》されただけじゃねえかっ！　お前の意志はどこまで薄弱《はくじゃく》なんだ！」

「失敬《しっけい》な。俺の意志は、ボロボロの発泡《はっぽう》スチロールをもギリギリで砕《くだ》く」

「限《かぎ》りなく貧弱《ひんじゃく》じゃねえかっ！」

「その俺の意志を一瞬で曲げてくるとは……恐《おそ》るべし、謎《なぞ》の女性！」

「一番恐ろしいのはお前のその脆弱《ぜいじゃく》さだわっ！」

俺と深夏がそんなやりとりを繰《く》り広げていると……唐突《とうとつ》に、女性は豪快《ごうかい》に「あっははははははっ！」と笑い始めた。その今までの印象とあまりに違う爽快《そうかい》な笑いに、俺達はキョトンとしてしまう。

しばらく心底可笑《おか》しそうに笑うと、女性は、上機嫌《じょうきげん》そうなまま、俺達に向き直った。

「自己紹介《じこしょうかい》が遅《おく》れたな。私は、臨時《りんじ》で雇《やと》われた新任《しんにん》の国語教師の真儀瑠《まぎる》だ。真儀瑠紗鳥《まぎるさとり》。

よろしく。で、折角《せっかく》だから、この生徒会の顧問《こもん》を買ってでたのだが……」

その自己紹介に、真冬《まふゆ》ちゃんはホッと胸を撫《な》で下ろしていた。

「な、なんだ、顧問の先生さんですか。誰《だれ》かと思って、びっくりしちゃいました……」

「ああ、悪かったな」

真冬ちゃんと笑いあう美人女性……真儀瑠先生。俺達も警戒《けいかい》しながら……それでも幾分《いくぶん》ホッとしていると、真儀瑠先生は、「そうそう」と思い出したように告《つ》げる。

「そんなわけで、この生徒会、今日でお終《しま》いだ。解散《かいさん》」

………………。

…………………………………………。

……………………………………………………………………。

『は?』

＊

「ん？　この生徒会のメンバー達は皆耳《みな》が悪いのか？　そういう選抜《せんばつ》基準なのか？」

『…………』

俺達が呆気《あっけ》にとられていると、真儀瑠先生はもう一度、ハッキリと告げてきた。

「私が顧問になった。私は自分の基準で生徒会を編成《へんせい》し直す。だから、現生徒会は今日をもって解散。以上」

再《ふたた》び沈黙《ちんもく》。

生徒会の全員が、まるで反応《はんのう》できないでいた。

「……ちょ、ちょっと待てよっ！」

たっぷり間《ま》をおいて、どうにか、深夏が声をあげる。真儀瑠先生は表情《ひょうじょう》も変えない。

「待たない」

「どんだけゴーイングマイウェイなんだよアンタ！」

「よく分からないが、なんとなく、お前には言われたくない気もするな」

「と、とにかく、ちょっと待てよ！　なんだよそれ！」

「不服《ふふく》そうだな」

「不服以外のなにものでもねぇよ！　アンタ、何の権限《けんげん》があって――」

「教師だ。通常《つうじょう》、生徒よりは教師の方が権限を持つと思うが」

「いいやっ！　この学校においては、生徒会もそれなりの権限を持つさ！」

それはそうだ。場合によっては生徒会の活動は教師の領域《りょういき》にさえ踏《ふ》み込《こ》む。少なくとも他校のそれと一緒《いっしょ》くたに出来るものではないだろう。

しかし……。

「ああ、それは私も知っている。この学校は中々興味深《なかなかきょうみ》いな。愚鈍《ぐどん》な教師に自分達のことを丸投《まるな》げにすることをよしとせず、自分達のことには自分達で責任を持つ……。立派《りっぱ》なことだ」

「だったら！」

「しかし忘《わす》れてはいけない。今のお前達の権限というのも、やはり、その『大人』『教師』『学校』に与《あた》えられたものだということを。そして私は現在、お前達の権限を『容認《ようにん》している側《がわ》』にいる。これがどういうことか、分からないわけじゃないだろう？」

「っ！　だけどっ！　こんなの横暴《おうぼう》だ！」

「横暴だな」

「な——」

「で？　それを私が認《みと》めたら、何か変わるのか？」

「っ——」

深夏が悔《くや》しそうに俯《うつむ》く。真儀瑠先生は、不敵《ふてき》に笑うばかりだった。

……やはりまずい。何がまずいって……ただのアホ教師の横暴だってんなら、俺達生徒会でいくらでも対処《たいしょ》できた。相手がいくら権力を持っていたって、だ。実際《じっさい》、今までにも教師をも押さえ込むような活動をしたことだってある。だからこの真儀瑠先生も、相手の権力だけで物事《ものごと》を測《はか》るなら、けして、敵《かな》わない相手ではなかった。

しかし、この人は違《ちが》う。自分の立場と力の使いかたを、完全に心得《こころえ》ている。

結論《けつろん》から言えば、顧問に就任《しゅうにん》したとかいうこの人がその権力をフルに生《い》かしてくれば、現生徒会の解散は容易《たやす》いだろう。それが分かるからこそ、深夏もあんなに噛《か》み付いたんだろうし。……まずいことになった。

俺が熟考《じゅっこう》していると、その隙《すき》に、やはり会長が「待ちなさい！」と食いかかった。完全に、相手が教師であることを忘れてしまった態度《たいど》だ。

「わ、私の了解《りょうかい》もなしに、そんなことはさせないわよ！」

「いいや。キミの了解なしに、私はことを進めるぞ」

「だ、駄目《だめ》に決まっているでしょう！　そんなの、許《ゆる》さないんだからっ！」

「別に許してもらおうと思ってここに来たんじゃない。告知《こくち》しにきただけだが？」

「だからっ！　そんなの、阻止《そし》してやるんだからっ！」

「ほう。それはそれで面白いな。で、桜野《さくらの》くりむ。具体的にはどうやって阻止するんだ？」

真儀瑠先生が楽しそうに目を細《ほそ》める。……完全にからかわれている。それは会長も分かっているだろうに、反抗《はんこう》をやめなかった。

「職員室に訴《うった》えて……」

「ちなみに、既に校長や教頭の許可《きょか》は得《え》ている。私に、生徒会を『一任《いちにん》』するそうだ」

「そ、そんなっ！　そんなの嘘《うそ》よ！　だって、そんなことしたら、伝統《でんとう》が……」

「おいおい。このご時世《じせい》は、伝統より効率《こうりつ》だと思うぞ？　実際、キミらも知っているんじゃないか？　美少女ばっかり集まってしまうこの生徒会選抜《せんばつ》システムは、生徒達自身こそ納得《なっとく》しているものの、ＰＴＡにはとても評判《ひょうばん》が悪い」

「っ！　そ、それは……」

その通りだった。いくら《優良枠》という救済措置《きゅうさいそち》があるとはいえ、容姿《ようし》だけでトップを決めるようなこのシステムには、実際とても反発意見が多い。幸いなことに生徒達自身の中に不満の声は少ない（結果として皆楽しめているからだろう）が、こと、外から事実だけを見つめるＰＴＡには、あまり理解《りかい》を得られていないのが現状だ。

伝統と、生徒達の自主性に任《まか》せた学校運営《うんえい》……この二点だけが、こちらの拠《よ》り所《どころ》。……

とても脆《もろ》い、拠り所だ。

会長は「で、でもっ！」と更《さら》に感情に任せて反論しようとしていたが、袖《そで》を知弦さんに引っ張られ、真儀瑠先生としばし睨《にら》み合いの末、悔《くや》しそうにしながら着席した。

「おや、もう終わりか？」

先生が少しつまらなそうに呟《つぶや》く。

深夏、会長と血《け》の気《ら》の多い人間が説《と》き伏《ふ》せられてしまったからには……。時間稼《かせ》ぎに、そろそろ、俺《おれ》が出張《でば》っておくべきか。その隙《すき》に、知弦さんに案を練《ね》ってもらって――

「や、やっぱり、おかしいと思います！　そんなの、あんまりです！　ま、真冬も、認《みと》めません！」

俺が立ち上がろうとした矢先、意外なことに、真冬ちゃんが真儀瑠先生に反論した。先生にしてもこれはちょっと予想外だったらしく、キョトンとしてしまっている。

「真儀瑠先生のやっていることは……た、正しいけど、正しくないです！」

「？」

「そういうのは、よくないです！　いくら力があっても、下の意見を全く無視しちゃうのは……ぜ、絶対、よくないです」

「ほう」

真儀瑠先生が真冬ちゃんに向き直る。真冬ちゃんは一瞬《いっしゅん》「ひぅ」と萎縮《いしゅく》しかけるも、気力を奮《ふる》い立たせるように立ち上がり、キッと先生を睨みつけた。……手がぷるぷると震《ふる》えている。蛇《へび》に睨まれた蛙《かえる》っていうのは、こういう状況を言うのだろう。

「そんなの……ええと、無理矢理《むりやり》なリストラと同じです！」

「無理矢理なリストラ、結構《けっこう》じゃないか」

「ふぇ？」

「よくある世の中だろう、そんなの。で、ここにも一件、新たなリストラが生まれたってだけだ」

「だ……駄目です！」

「椎名（妹）や桜野の反論はどうも要点《ようてん》をえないな……」

「違います！　そういう……そういう、論理的な考え方が全てじゃないと思います！　そんなの……そんなの、人間としての温《あたた》かさが、ないじゃないですか……」

「…………ふむ」

ここにきて初めて、真儀瑠先生の顔から笑みが消えた。顎《あご》に手をやり、本気で考え込んでいるようだ。真冬ちゃん自身、まさか自分の曖昧《あいまい》な反論が効《き》くと思っていなかったのか、ちょっとおどおどしている。

真儀瑠先生は数秒間たっぷり考え込んだ末、真冬ちゃんに真摯《しんし》な視線を向けた。

「確かに、指摘《してき》通りではあるな。温かみというものの欠如《けつじょ》は、その通りだ」

「じゃ、じゃあ……」

「しかし、それを考慮《こうりょ》した上でも、やはり私は、現在の方針《ほうしん》を変えない」

「そんな……どうして……」

「簡単《かんたん》だ。『人間としての温かみ』とやらと、『ことを予定通りに進めるメリット』を天秤《てんびん》にかけて吟味《ぎんみ》した末、私は後者《こうしゃ》に分《ぶ》があると判断《はんだん》した。それだけだが」

「……冷たいです」

「人並《ひとな》みにはな」

「そんなの……間違っています」

「椎名（妹）の基準《きじゅん》では、間違っているのだろうな。だが悲しいかな、私、真儀瑠紗鳥の基準では全くもって正義だ」

真儀瑠先生の言葉に、真冬ちゃんは俯《うつむ》いてしまう。悲しんでいるのかと心配して覗《のぞ》き込んでみると……逆だった。ちょっと怒《おこ》っていた。真冬ちゃんが怒っているとこを初めて見たので、俺はすごすごと引き下がる。

真冬ちゃんは俯いたままで、ぽつりぽつりと先生を攻撃《こうげき》し始めた。

「……鬼《おに》です」

「鬼如《ごと》きと一緒《いっしょ》にしてもらっては困る」

あんた、どんだけ上位《じょうい》の存在《そんざい》なんだよ。

「……悪魔《あくま》です」

「いい意味でな」

勝手にプラス解釈《かいしゃく》するなよ！

「……鬼畜《きちく》です」

「よく知っているな」

それは認《みと》めるんだ！

「……ぽっぽこぽーです」

「ぽっぽこぽーだな」

ぽっぽこぽーらしい。……っていうかなんだそれ！　先生、完全に流したろ、今！

「……年増《としま》」

「ふむ。……ところで杉崎」

「はい？」

急に俺に振られたので、びくっとしてしまう。真儀瑠先生はいたってニコニコしたままで訊《たず》ねて来た。

「この学校では、殺人《さつじん》は可か？」

「駄目ですよ！っていうか、真冬ちゃんの首筋にペン先突《つ》きつけないで下さいっ！」

あまりの早業《はやわざ》に、みんなドン引きだった。真冬ちゃんに至っては、恐怖に泡《あわ》を吹いて気《き》絶《ぜつ》してしまってさえいる。

真儀瑠先生は「残念」と言いながら、ペンをしまう。俺はそれを眺《なが》めて、嘆息《たんそく》した。

「本当に先生なんですか……貴女《あなた》」

「実は違う。私は、生徒だ。女子高生だ。どうだ。そう言われれば、そう見えるだろう」

「いえ、全く」

「見えるだろう」

「笑顔でペンを出すのはやめて下さい。何気《なにげ》に年のことかなり気にして――」

「見えるだろう」

「見えます」

俺の目の前の長机に、投擲《とうてき》されたペンが深く突き刺さっていた。……流石《さすが》、鬼以上。

「ふむ。私の美《び》貌《ぼう》も、まだまだ現役《げんえき》だな。女子高生に間違われるとは」

「………」

「とても不満そうな顔をしているな、杉崎」

「いいえ。ただ、世の中理不尽《りふじん》だなーっと、改《あらた》めて感じていたまでです」

「それはそうだ。世の中は理不尽だぞ、杉崎。……あらため、きなこ太郎《たろう》」

「理不尽だっ！」

まるで命名の理由が分からなかった。理不尽すぎる。

真儀瑠先生はニヤリと微笑《ほほえ》む。

「ところで、きなこ太郎」

「誰《だれ》ですか、それ」

俺はそしらぬふりをする。

「この生徒会で一番性欲を持て余《あま》しているヤツだ」

「呼ばれてますよ、会長」

「私じゃないよっ！」

会長が顔を真《ま》っ赤《か》にしていた。その様子を見て、真儀瑠先生が不敵な笑みを浮かべたま
ま、彼女の方に振り返る。

「いや、お前だ、桜野くりむあらため、きなこ太郎」

「意外な展開《てんかい》っ！　っていうか理不尽よ！」

「世の中理不尽なんだぞ、きなこ太郎……あらため、『ああああああ』」

「世界で一番理不尽でテキトーな名前にあらためられたっ！」

「まあ、冗談《じょうだん》はさておき」

「自分で始めたくせに、自分で仕切った！」

「『ああああああ』は、そんなに性欲強いのか？　先生はとても心配だ」

「冗談が全然さておかれてないじゃない！　しかもその設定、真儀瑠先生と杉崎で作ったものでしょうがっ！」

「事実は小説より奇《き》なり。会長は想像より淫乱《いんらん》なり」

「まるで名言みたいに言うなっ！」

「いつでも相談に乗るからな、桜野。……まあ、あんまり悩《なや》むな」

「悩んでないよ！　っていうか、目下《もっか》一番の悩みの種《たね》は先生自身よ！」

「え？　私にムラムラしていると？」

「言ってない！」

「困ったな」

「私がねぇ！」

「よろしくお願いします」

「受け容《い》れるんかいっ！」

「若干百合《じゃっかんゆり》だからな」

「私の周囲はどうしてそんなのばかりなのよぉ！」

会長がツッコミ地獄《じごく》に陥《おちい》っていた。……真儀瑠先生……やるなっ！　俺《おれ》と知弦さんの中でまた一つ、真儀瑠先生が神格化《しんかくか》した。

「っていうかそこっ！　変な理由でこの先生を尊敬《そんけい》の目で見ないっ！」

「でも、ここまで会長をいじれる逸材《いつざい》は……そうはいませんよ？」

「いなくて結構！」

「アカちゃん。出逢《であ》いは大切にしないといけないわ」

「なんでもかんでも大切にすればいいってものじゃないわよ！」

「桜野よ。先生は、お前と出逢えて、とても嬉しいぞ。末永《すえなが》くよろしく」

「末永くよろしくしてたまりますかっ！　っていうか何この状況《じょうきょう》！　敵《てき》かっ！　現在、生徒会は全員敵かっ！」

それだけ叫《さけ》ぶと、会長は、ぜぇぜぇと充電《じゅうでん》期間に入ってしまった。

……むむ。若干状況が混乱気味だ。整理しよう。ええと……。

「遂《つい》に真犯人を突き止めた杉崎鍵だったが、その矢先、奇《く》しくも犯人の凶弾《きょうだん》に倒《たお》れてしまうのであった……。果《は》たして事件の行方《ゆくえ》はっ！」

「勝手にあらすじを捏造《ねつぞう》しないで下さいっ、真儀瑠先生！」

先生は心底《しんそこ》楽しそうな笑みを浮かべていた。……なんだこの人。

「こほん。とにかく……」

「そうそう、並行《へいこう》世界が関連してきたところだったな」

「折角《せっかく》仕切りなおそうとしたのに、また話題を逸《そ》らさないで下さい！　貴女《あなた》はどれだけふざければ気が済むんですか！」

「こち亀《かめ》が終わるまで」

「果てしないですよっ！」

「苦情は秋《あき》○先生に言ってくれ」

「こち亀に罪《つみ》はないっ！」

「む。それではまるで、私に非《ひ》があるようではないか」

「それ以外に受け取りようがありますかねぇ！」

「不愉快《ふゆかい》だ。実に不愉快だ。杉崎の両親が、生まれ落ちたお前の顔を見た瞬間《しゅんかん》の感情くらい、不愉快だぞ」

「俺不憫《ふびん》すぎるわっ！」

「もう怒った。私帰る。ぷんぷん」

「そんなノリで帰れると思ったら大間違いですよ！　っていうかキャラ統一《とういつ》して！」

真儀瑠先生がギャグに乗りっぱなしで本当に帰ろうとしてしまっていたため、慌《あわ》ててそれを引き止める。こ、この人……色んな意味で数枚上手《うわて》すぎる……。

まあしかし、先生がふざけてくれたおかげで、知弦さんにたっぷり対策《たいさく》を練《ね》る時間は与《あた》えられたようだ。気付くと、知弦さんは自信に満《み》ち溢《あふ》れた目をしていた。「任《まか》せて」というアイコンタクトまで飛んで来る。

気絶しっ放しの真冬ちゃんを除《のぞ》く、生徒会メンバー全員の期待の視線が知弦さんに集まる。この人なら……あるいは、この、神の如《ごと》き教師を打ち倒せるかもしれない。

その空気に真儀瑠先生も気付いたようで、「ふふん」と、実に楽しそうに知弦さんに向き直った。

『…………』

二人の間に、濃密《のうみつ》な沈黙《ちんもく》が下りる。

あまりの緊迫《きんぱく》した空気に、俺達はごくりと唾《つば》を飲み込んだ。

しばしの沈黙の後……最初に口を開いたのは、知弦さんだった。長い髪《かみ》をサラリと手で梳《す》き、満《まん》を持《じ》して彼女が反撃《はんげき》を開始する！

「並行世界より、時間跳躍《ちょうやく》の方が個人的に好《この》みの展開です、先生」

「むむ。それは盲点《もうてん》だった。グッジョブだぞ、紅葉《あかば》」

「なんの話だぁぁああああああああああああああああああ！」

俺は思わず全力でツッコム。二人は、キョトンと俺を見ていた。

「なに騒《さわ》いでいるの、キー君。私はただ、満を持してＳＦ談義《だんぎ》に乗り出しただけだというのに……」

「そうだぞ杉崎。水を差すな」

「水も差しますよ！　っていうか、今、生徒会存亡《そんぼう》の危機《きき》なんですよねぇ!?　真儀瑠先生ＶＳ現生徒会メンバーっていう構図《こうず》なんですよねぇ!?」

「いや、杉崎。そこは、真儀瑠紗鳥ＶＳモスラの方が、良くないか？」

「何が!?」

「いえいえ、真儀瑠先生。そこはやっぱり、キー君ＶＳアン○レラ社の方が……」

「知弦さんまで何言ってんの!?　俺、バイ○ハザードの次回作主人公じゃないよ!?」

「む、待てよ？　紅葉よ、生徒会長ＶＳメカ生徒会長も捨《す》てがたいぞ」

「私をメカ化してどうするの!?」

「いえいえ、真儀瑠先生。それならば、深夏ＶＳ角川《かどかわ》という手も」

「なんであたしだけリアル企業《きぎょう》相手⁉　しかも立場上圧倒《あっとう》的に分《ぶ》が悪《わ》りぃ！」

「じゃあ、それでいこう、紅葉。決定」

「しかも決定したっ！　一番ヤバそうな相手との対戦カードが決定した！」

深夏が二人に追い込まれていた。それをボンヤリ見守り……俺《おれ》は一人、溜息《ためいき》をつく。

あぁ、カオスだ。気絶している真冬ちゃんが、なんだか無性《むしょう》に羨《うらや》ましい。

……変な話だが、今は緊迫《きんぱく》感が欲《ほ》しかった。俺は出来るだけ楽《らく》に楽に人生を過ごそうと心がけている人間だが、しかし今は、どうしようもなく「シリアスなムード」が恋《こい》しい。

っていうか、なぜに俺がこんなに気を遣《つか》わなければいけないんだ？　そうだ。そもそも、俺がツッコミ側に回っていることが、なんか間違っている。俺、むしろボケ要員だろ？

ふむ。そう考えると、なんだか気が楽になってきた。

……そうかっ！　ツッコミとかシリアスとかは他《ほか》のメンバーに任せて、暴走《ぼうそう》する方が楽なのかっ！　それが真理かっ！　だから、真儀瑠先生と知弦さんはああして……。

そういうことなら話は早い！　俺も、存分に暴走させて貰《もら》おうではないかっ！

俺は早速《さっそく》、思いのままに振《ふ》る舞《ま》うことにしたっ！

「ふふふ……。真儀瑠先生、知弦さん。深夏VS角川より、真冬ちゃんVS——」

「さて、真儀瑠先生。この生徒会の存続《そんぞく》のことですが……」

「紅葉よ。私は譲《ゆず》る気はないぞ」

「貴女《あなた》に譲る気がなくても、譲ってもらいます。私には……ここしかないんですから」

「ふ……怖《こわ》い目だな、紅葉。しかし、どんなに反抗的な目をしたところで、現状は変わるまい」

「それはどうでしょうかね、真儀瑠先生。こちらには……まだ、切り札があります」

「なんだと？」

…………………………。

……とてもシリアスなムードだった。台詞《せりふ》を途中《とちゅう》で止めたまま、片隅《かたすみ》でちっちゃくなる俺。椅子《いす》の上に体育座り。

…………。……あ、ちょっと目の端《はし》に涙が。

霞《かす》んだ視界で、状況を見守る。知弦さんと真儀瑠先生が、臨戦態勢《りんせんたいせい》に入っていた。そして会長も深夏も、さっきまで気絶していたはずの真冬ちゃんまで、すっかりシリアスな表情だ。……俺だけが、なんか、蚊帳《かや》の外《そと》だ。

知弦さんがニヤリと微笑《ほほえ》む。

「真儀瑠先生。確かに教師の権限は大きいです。校長の許可《きょか》も得ていて、更にＰＴＡをも味方《みかた》につけるとなれば、私達だけではとても対抗《たいこう》できない」

「だろうな」

「しかし先生。先生は、学校の本質《ほんしつ》を忘れてはいませんか？」

「本質？」

「そうです。学校はあくまで、『生徒のもの』です。そして、現生徒会……私達は、自分で言うのもなんですが、その『生徒達』に大変な支持《しじ》を得ている」

「……なるほどな」

真儀瑠先生は、知弦さんの反論をさも楽しそうに聞いていた。知弦さん自身も、不敵な笑みを絶《た》やさない。……な、なんだか、今にも背後に竜《りゅう》と虎《とら》が召喚《しょうかん》されそうな、緊迫した空気だ。女の戦い……怖い。

「ちょ、ちょっと待って！」

唐突に会長が二人の会話に割《わ》って入《はい》る。少しだけ空気が弛緩《しかん》した。

「二人だけ分かった風《ふう》にしていないで、私達にもちゃんと説明してよ！」

その会長の主張に、俺と椎名姉妹はすぐに反応《はんのう》する。

「会長。私達って言っておられますけど、俺は、意味分かってますよ？」

「え、え？」

「あたしもちゃんと察《さつ》しているぜ？」

「み、深夏も？」

「真冬も、ちゃんと知弦さんの主張は分かりました」

「え、え、えぇ？」

会長がすっかり困《こま》り果《は》ててしまっている。それを楽しそうに眺《なが》めて、最後に、知弦さんがトドメを刺《さ》した。

「分かってないのは、アカちゃんだけのようね」

「うっ！」

会長は一瞬動揺《いっしゅんどうよう》するが、しかし、すぐさま取り繕《つくろ》う。

「と、当然、私も分かっているわよ？　だ、だけど、ほら、杉崎達が分からないままじゃ可哀想《かわいそう》かなーって、思っただけで」

「でも、キー君達もちゃんと分かっていたみたいだけど？」

「そ、そうね」

「じゃあ、解説《かいせつ》しないで話進めていいかしら、アカちゃん」

「…………え、ええ」

軽く目を逸《そ》らす会長。うわ、萌《も》える！　ふと真儀瑠先生を見ると、彼女も会長を見つめて「あぁ」と恍惚《こうこつ》の声を漏《も》らしていた。この人、やはり見かけ通りSかっ！

知弦さんはたっぷりと会長の動揺を楽しむと、再《ふたた》び視線を鋭《するど》くして真儀瑠先生と対峙《たいじ》した。

「そう、いくら真儀瑠先生が権力を振りかざそうと、生徒達自身の反発……具体的な動きとしては、生徒の過半数以上の署名《しょめい》でも集めれば、学校側としても無視するわけにはいかないでしょう」

知弦さんはさりげなく、ちゃんと会長にも分かるように話を噛《か》み砕《くだ》いて喋《しゃべ》ってくれていた。会長は一瞬大きな声で「なるほどっ！」と言ってしまった後、周囲を一瞥《いちべつ》してこほんと咳払《せきばら》いし、「も、勿論《もちろん》分かっていたけどね」とぷいと視線を逸らしていた。

知弦さんの反論を受けた真儀瑠先生は、それでも「楽しくなってきた」と言わんばかりの態度《たいど》で、まるで動揺した様子は無い。

「いいぞ、紅葉知弦。私に真っ向から対抗するのではなく、後に逆転を狙《ねら》う方にこの短時間で思考を切り替《か》えたことは、評価《ひょうか》に値《あたい》する」

「それはどうも。内申書《ないしんしょ》に書いて下さると光栄《こうえい》ですね」

「うむ。『紅葉知弦は油断《ゆだん》ならない。気をつけろ』と書いてやろう」

「光栄です」

光栄なんだっ！　そんな内申書でいいんだ！

知弦さんはまるでツッコむことなく、笑顔でサラリと流していた。外野がツッコめる状況でもなかったため、経過《けいか》を見守る。

「しかし紅葉。当然気付いているのだろう？　それは結局、この場では退《しりぞ》くという選択《せんたく》だ。私は今日にもこの生徒会を解散《かいさん》するが、その後署名運動をしようとなれば、逆転するのにもそれなりの期間は要《よう》するだろう。その期間……紅葉は、『新生徒会が何もしない』とでも、思っているのか？」

「…………」

真儀瑠先生の言葉に、知弦さんが黙《だま》り込《こ》む。会長は今回も首を傾《かし》げてしまっていたため、俺が分かりやすく整理する。

「つまり真儀瑠先生。新生徒会は発足《ほっそく》したら、俺達の妨害《ぼうがい》は勿論、魅力《みりょく》的なパフォーマンスを行い、生徒達の心を一気《いっき》に摑《つか》みにかかると……そういうことですよね？」

真儀瑠先生にこそ視線を向けながら言ったものの、実質《じっしつ》会長のための説明台詞《ぜりふ》に、会長は「ははぁ、なるほどぉ」と深く頷《うなず》いていた。……会長……。

真儀瑠先生が俺の方に視線を向ける。

「そうだ、杉崎。現生徒会の強さが『生徒達からの圧倒的な支持』であることは、私も最初から重々《じゅうじゅう》認識《にんしき》しているからな。新生徒会が発足したからといって、油断すると思ったら大間違いだ。むしろ、そのままの勢いで畳《たた》み込むだろう」

「どうあがいても……俺達《おれたち》に勝ち目はないと？」

「そうは言わないさ。私は神じゃない。想定外のことだって出てくるだろう。『ば、馬鹿《ばか》な！　私が……この私が負けるはずがぁあああ！』と絶叫《ぜっきょう》して消滅《しょうめつ》することも、あるかもしれない」

「どこのラスボスですかっ！」

「だが、自信を問われれば、『確実《かくじつ》に勝てる自信がある』とだけは言っておこう。私の見解《けんかい》では、現生徒会は今日で終わりだ」

「…………」

知弦さんに視線をやってみる。俺を見返して、彼女は、ふるふると首を横に振っていた。先生の言葉の否定《ひてい》じゃない。「ごめん、これ以上は反論できない」という合図《あいず》に見えた。

生徒会に、絶望的な空気が漂う。会長といえど、今回ばかりは、状況を察したようだ。

勝てる可能性《かのうせい》がない戦いじゃない。現時点なら、署名運動をすれば生徒の多くが俺達を支持してくれる自信がある。しかし……この先生のことだ、今日俺達を解散したら、明日から……いや、下手《へた》したら今日からでも、一気に活動を開始するだろう。

敵対《てきたい》の立場であったとはいえ、少し接しただけでも、俺には理解できる。この人は……

この人は、こと、人の心を捉《とら》えることに関《かん》しては超《ちょう》一流の人間だと。圧倒的なカリスマ性《せい》とでも言うのだろうか。少なくとも、一度トップに立ってしまったら、ちょっとやそっとじゃ引《ひ》き摺《ず》り下ろすことが出来ないのは明白《めいはく》だった。

そしてなにより致命《ちめい》的なのは……。この人なら、本当に、この学校をよりよい状態《じょうたい》に持っていけそうな気がすることだ。その証拠《しょうこ》に、さっきまで理由もなく噛《か》み付いていた会長でさえ、押《お》し黙《だま》ってしまっている。

……厄介《やっかい》なのは。この人が、自分達より「生徒会として」、いい仕事をしてくれそうだということで。だから、そう認《みと》めているものに逆《さか》らって立場を守ろうとするっていう行為《こうい》は、俺達のただのワガママなんじゃないかって、皆《みな》考えてしまっていて。

「さて、もう反論はないのかな？」

今度は少しつまらなそうに言う真儀瑠先生に対し、会長と深夏が少しだけ何かを言おうと身を乗り出しかけて……しかし結局は、何も言えずに時間が経過してしまう。

先生は俺達一人一人の顔をじっくりと眺《なが》めると、「最後に」と、俺達全員に問いかけた。

「お前達は、なぜ今の生徒会を守りたい？」

「え？」

会長が顔をあげる。先生は、彼女に視線を定《さだ》めた。

「桜野。お前は、何のために、この生徒会にこだわったんだ」

「そ、それは……」

会長は押し黙る。そうして、俺達全員を順番《じゅんばん》に見ていく。知弦さん、俺、深夏、真冬ちゃん。全員を見て……そしてその全員が、会長に、きちんと目を合わせた。

会長は全《すべ》てを受け止め……何か吹っ切れた表情《ひょうじょう》で、真儀瑠先生に向き直る。そして、穏《おだ》やかな表情で、告げた。

「ごめんなさい、先生」

「？　なんだ？」

「私達、本当は、学校のことなんて二の次、三の次だったみたいです」

「ほう。そんなこと言っていいのか？」

「いいんです。事実だもの」

「生徒会を……大事なものを守ることを、諦《あきら》めたのか？」

「いいえ」

会長はキッパリと否定する。

「生徒会を明《あ》け渡《わた》すのは残念だけど……。一番大事なものは、たとえ私達が生徒会じゃなくなっても失われないいんだって、やっと、気付いたから」

「……参考までに。それは、何か訊《き》いていいか？」

真儀瑠先生の問いに、会長は、もう一度俺達を見て、それから、満面《まんめん》の笑《え》みで返す。

「今日の私の名言は、薄《うす》っぺらくないってこと」

その言葉に、真儀瑠先生は一瞬キョトンとし……しかし何かに気付いたように「そうか」と頷《うなず》いた後、快活《かいかつ》に笑った。俺達も、こんな時だというのに、皆、笑顔だった。

そうして。

この日、生徒会は、解散《かいさん》した。

＊

翌日。

「あれ？　会長？」

「あ、杉崎？」

放課後、生徒会室へと赴《おもむ》くと、意外なことに会長がいた。会長がいつもの席に座っていたため、少し抵抗《ていこう》があったものの、俺も、昨日までの自分の席につく。

「会長、どうしたんですか？　なんでここに？」

「杉崎こそ」

俺達はお互《たが》いの顔を見て、首を傾《かし》げていた。……俺達生徒会は昨日、解散した。真儀瑠先生は「よし、新生徒会は私好《ごの》みに染《そ》めてやるー！」と張《は》り切《き》っていたし、今日の朝の全校集会で新任《しんにん》教師として真儀瑠先生が紹介《しょうかい》されたと同時に、「真儀瑠先生の顧問《こもん》の下《もと》、新たな生徒会が発足すること」も通達《つうたつ》された。

つまり、俺達はもう生徒会室の住人じゃあ、ないのだ。

それにも拘《かか》わらず、俺達二人は現在、生徒会室にいた。いつものように。

「いや、俺の場合、帰り際《ぎわ》、生徒会室の掃除《そうじ》のために集まれって、真儀瑠先生からの言伝《ことづて》をもらって……」

「あ、私も同じ。生徒会室の掃除しろって急に。……ええと、出て行く前に自分達の汚《よご》した分ぐらい掃除していけってことなのかな？」

「ああ、そうかもしれませんね。そういえば、深夏もなんか担任《たんにん》から言われていたし……。真儀瑠先生がやりそうなことだ」

「だよね」

俺と会長はそのまま、ちょっとした世間話をして時間を潰《つぶ》す。掃除は始めなかった。この生徒会室はもう既《すで》に「俺達の部屋」じゃない。だから、掃除といえど勝手に動き回るのはよくないと判断《はんだん》した。俺も会長も、そういうところの「けじめ」はきっちりすべきと考えている。

「そういえば会長。俺と一日会えなくて、寂《さび》しかったんじゃないですか？」

「普通に活動していても、次の日の放課後までは会わないでしょうが……」

「いえいえ、ほら、解散した後ですから。『ああ、私、杉崎がこんなに好きだったんだわ……』みたいな気持ちの変化が」

「なかったわね。うん。びっくり。なんかごめんね」

謝《あやま》られてしまった。

「知弦はクラスメイトとして普通に会うからいいとして、深夏とか真冬ちゃんは恋《こい》しく思ったんだけど、さっき再会するまで、私の中から『杉崎鍵』という発想自体が抜《ぬ》け落ちていたわ」

「そ、そんなこと言ってぇ。本当は、会えてすっごく嬉《うれ》し——」

「あ、深夏ー！　やっほー！」

気付くと、深夏がドアを開けて入ってきていた。会長はすぐさま立ち上がり、彼女に駆《か》け寄っていく。俺と再会した時と明らかにテンションが違《ちが》った。……凹《へこ》む。

「あれ？　会長さんと鍵もいるのか？」

いつもの席に座りながら首を傾げる深夏に、会長が解説《かいせつ》を始める。そうこうしているうちに、知弦さんも真冬ちゃんもやってきて、結局今日も全員が揃《そろ》ってしまった。

「真冬は、感動ですぅー」

真冬ちゃんは席につくなり、全員揃った生徒会を眺《なが》めて、なんか感涙《かんるい》し始めてしまっていた。……感受性《かんじゅせい》豊かな子だ。

逆に知弦さんなんかは、最初からこの状況を想定していたようで、そんなに驚《おどろ》いてはいなかったけれど、心なしか、表情は柔《やわ》らかかった。

しばし全員でいつものように下《くだ》らない会話を繰《く》り広げる。近況《きんきょう》報告（といっても一日しか経《た》ってないが）も一段落《いちだんらく》した頃《ころ》、ガラガラと威圧《いあつ》的にドアを開いて、相変《あいか》わらず「私が神です」と言わんばかりの態度《たいど》で真儀瑠先生が入って来た。……人を呼び出しておいて、指定時刻より二十分も遅れている。

「いやぁ、すまなかった。職員室からここに来るまでの道は、妙《みょう》にエンカウント率《りつ》が高くてな……」

「いったい、何と戦って来たんですか……」

げんなりと訊《たず》ねる。真儀瑠先生は即答《そくとう》した。

「生徒。わんさかいた」

「生徒蹴《け》散《ち》らして来ないで下さい！　どんな先生ですかっ！」

「三年B組、無《む》双《そう》先生」

「あんたは何の教科を教えに来てるんだっ！」

「今日初めてここで授業《じゅぎょう》をしたんだが、今回私の授業を受けた生徒は、少なくとも、他のクラスの生徒の五十倍は強くなっただろうな」

「この学校をどうするつもりですかっ！」

「ゆくゆくは独立《どくりつ》国家として自立させたいと思っている」

「なんのためにっ！」

「えー、カレシのためっていうかぁ～」

「そんなギャルっぽい動機《どうき》で国を立ち上げられてたまりますかっ！」

「ま、本音《ほんね》はさておき」

「冗談《じょうだん》じゃないんだっ！」

なんなんだこの人。今更《いまさら》だが、よく教員免許《めんきょ》とれたな。能力は疑《うたが》わないけど、人格形成に多《た》大《だい》な問題がある気がするのだが……。

真儀瑠先生は昨日のように下手《しもて》の席に座すと、ノートパソコンを開いてカタカタと授業に使うプリント作成《さくせい》を始めていた。……生徒の前でやっていいのか、そういうの。

そうこうして、テキトーなノリのまま、こちらも見ずに命令《めいれい》。

「じゃ、そういうわけで掃除しろー、新生徒会の諸君《しょくん》ー」

「はいはい、分かりましたよ。掃除すりゃあいいんでしょ」

俺達《おれたち》は嘆息《たんそく》しながら立ち上がり、椅子《いす》を畳《たた》んで壁《かべ》に寄《よ》せ、ロッカーから掃除用具を取り出し、それぞれだらだらと掃除を開始する。知弦さんははたきで埃《ほこり》を落とし、会長と深夏は箒《ほうき》で床《ゆか》を掃《は》き、俺と真冬ちゃんは窓を雑巾《ぞうきん》で——

「…………」

そこで、全員の動きが止まった。

会長も、知弦さんも、深夏も、真冬ちゃんも。全員同時にぴたりと止まり……そうして、顔を見合わせる。

……なんかさっき、変なワードを聞いたような……。

全員が俺と同じところで引っかかっているようなので、代表して俺が真儀瑠先生に訊ねることにする。

「え、えと……真儀瑠先生？」

「なんだ？」

先生はノートパソコンから目を離さないままで返してくる。どこからか購買《こうばい》で買ったらしきあんぱんを取り出し、はむはむと頬張《ほおば》っていた。

「あ、あの……さっきの言葉、もう一回、言ってもらっていいですか？」

「ん？　なんだっけか？　ああ『杉崎……好きだ』だっけ？」

「そんな嬉《うれ》しい告白《こくはく》を聞いた覚えはないですよ！」

「ふむ。じゃあ……ああ、あれか。『この馬《ば》鹿《か》犬《いぬ》ぅぅぅ！』」

「俺は使《つか》い魔《ま》じゃないです！」

「すまんすまん。やっと思い出した。『なにぃぃぃぃぃぃ!?　腕《うで》が消えただとぉぉぉぉぉぉおう!?』だったな」

「どこからスタンド攻撃《こうげき》受けたんですかっ！　違います！　あの、掃除しろってやつですよ！」

「？　その言葉がどうかしたか？」

真儀瑠先生が首を傾《かし》げる。俺は、唾《つば》を飲み込んで、切り出した。

「その後……俺達のこと、なんて、呼びました？」

「新生徒会の諸君」

「………………」

あまりにサラリと言うものだから、また、聞き間違いかと思った。もう一度、訊ねる。

「ええと……？」

「だから、新生徒会」

「そ、それは……俺達のことですか？」

「そうだが？　詳《くわ》しく言えば、会長・桜野くりむ、書記・紅葉知弦、副会長・杉崎鍵、同じく副会長・椎名深夏、会計・椎名真冬の五名のことだが」

「………………」

全員で、再び、顔を見合わせる。知弦さんまで、驚《おどろ》いた表情《ひょうじょう》をしていた。

完全に動揺した様子で、真冬ちゃんが訊ねる。

「えと、それって、つまり……。その、真冬達は、これからも生徒会役員って……ことですか？」

「？　それ以外に斬新《ざんしん》な受け取り方があるのか？」

「い、いえ」

真冬ちゃんに続き、深夏が焦《あせ》った様子で訊ねる。

「で、でも、生徒会は解散って昨日……」

「ああ、解散したな。昨日までの生徒会は。今日からは、私の基準《きじゅん》で選ばれた者達による、新たな生徒会だっ！」

「い、いや、だって、新生徒会は新しく編成《へんせい》するんじゃあ……」

「おかしなことを言うな、椎名（姉）は。これが、私の編成した新生徒会だぞ。だから今日呼び出したんじゃないか」

その言葉に、知弦さんが額《ひたい》に手をやりながら、訊ねる。

「ちょ、ちょっと整理させて下さい。ええと……つまり、旧《きゅう》メンバーと全く同じメンバーが、新生徒会メンバーに選抜《せんばつ》されたと？」

「驚くべき偶然《ぐうぜん》だ」

「……貴女《あなた》って人は……」

珍《めずら》しく知弦さんが手玉《てだま》にとられていた。

最後に会長が、ずばり、訊ねる。

「えと……つまり私達は、これからも……」

「生徒会だな。だからこそ今日、新生徒会最初の仕事として、掃除を命令したんじゃないか。なんだと思ってたんだ？　もぐもぐ」

先生は暢気《のんき》にあんぱんを頬張っていた。

『………』

再び全員で顔を見合わせる。

数秒間、そうして。

それぞれ、しばし、黙考《もっこう》して。

黙考して、
黙考して、
黙考の末《すえ》。

全員、とりあえず、一つの共通した結論《けつろん》。

『人をからかうのもいい加減《かげん》にしろぉ――――（して下さいっ）！』

「う、うわっ！　なんだお前ら！　あんぱん返せっ！　ってこら、全員で分け始めるな！

こらぁ！」

こうしてこの日。

マイペースすぎる顧問《こもん》を一人加え、新生徒会が、発足したのだった。

ええと……。

めでたしめでた……し？

【最終話～私の生徒会～】

「自分自身を信じなさい！　さすれば道は開かれん！」

会長がいつものように小さな胸《むね》を張ってなにかの本の受け売りを偉《えら》そうに語っていた。

「……なんか最近、名言が軽く宗教《しゅうきょう》じみてきたわね……」

知弦《ちづる》さんがボソッと呟《つぶや》く。会長も自覚《じかく》はあったのか、ウッと引きつっていた。

「い、いいじゃない、宗教！　威厳《いげん》が出てきた証《あかし》よ！」

「……いいけど」

知弦さんは特に食い下がることもなく、いつものように教科書に目を落とす。俺《おれ》も椎名《しいな》姉妹《しまい》も、間違《まちが》っても会長の名言で人生変えられたりはしないと断言《だんげん》できるので、口は出さなかった。

会長は仕切り直すようにこほんと咳払《せきばら》いし、それから、ようやく本題に入る。

「そんなわけで、今日は――」

《ピンポンパンポーン。呼び出しのお知らせです。三年A組、桜野《さくらの》くりむさん。同じく三

年A組、紅葉《あかば》知弦さん。真儀瑠《まぎる》先生がお探しです。至急《しきゅう》、職員室まで――》

会長が議題を切り出そうとした瞬間《しゅんかん》、そんな放送が室内に響《ひび》き渡《わた》る。もう一度繰《く》り返されるお知らせを聞きながら、知弦さんは「ふむ」と席から立ち上がり、会長も、嘆息《たんそく》しながらも席を離《はな》れた。

「なんかあの顧問《こもん》、いつもタイミングが悪いわね……。狙《ねら》ってるんじゃないかしら」

ぶつぶつ文句《もんく》を言っている会長に、俺と椎名姉妹は曖昧《あいまい》に苦笑《くしょう》する。

「まあまあ。二人が呼び出されるとなれば、生徒会関連《かんれん》の何かなんでしょうから」

「だったら自分から生徒会室来いよって気もするけどな」

「で、でもわざわざ呼び出すあたりが、真冬は、真儀瑠先生らしいと思います」

「……はぁ」

話の腰《こし》を折《お》られたのと、移動が面倒臭《めんどうくさ》いのか、会長がやる気なさげに肩《かた》を落とす。しかし、知弦さんがそんな会長の手をさっさと引いて、俺達に一声かけた後、連《つ》れ立《だ》って生徒会室を出て行った。

ガラガラピシャと閉《し》まるドアを、なんとなく見守る。椎名姉妹と俺だけという珍《めずら》しい組み合わせになった室内で、最初に深夏《みなつ》が口を開いた。

「しかし、一体なんなんだろうな？　生徒会に用なら、それこそ生徒会室に来ればいいだけの話じゃねーか？　呼び出すにしても、じゃあ、なんで二人だけなんだ？」

その疑問に、真冬《まふゆ》ちゃんが「うーん」と可愛《かわい》らしく唸《うな》る。

「一応、二人は三年生だし、代表者って意味じゃないかな？」

「まあ、それが妥当《だとう》だと俺も思うけどね」

「……なんか、納得《なっとく》いかねー」

深夏が少しムスッとしていた。気持ちは分かる。俺達生徒会はなまじ仲間感覚《かんかく》が強いだけに、こう、グループ分けみたいなことをされるとちょっと面白《おもしろ》くない。友情版《ばん》の嫉妬《しっと》とでも言うのだろうか？　俺の場合は本気の嫉妬かもだけど。とにかく、こと生徒会に関することなら、皆《みんな》で情報は共有《きょうゆう》したいと思っているのだ。

神妙《しんみょう》な空気になってしまったので、俺は、仕切《しき》りなおす。

「それはさておき。議題も発表されてないし、俺達が今することは特に——」

《ガラガラガラ》

「おー、作戦通りだな。しめしめ」

『…………』

実《じつ》に唐突《とうとつ》に。またも、会話を分断《ぶんだん》するカタチで。一人の、美人女性《じょせい》が堂々《どうどう》と入室してくる。彼女はずかずかと室内に踏《ふ》み入《い》ると、会長がいないのをいいことに、上手《かみて》の会長の席にドスンと腰《こし》を下ろした。そうして、俺と椎名姉妹を一瞥《いちべつ》。

「おや、どうした、諸君《しょくん》。まるでゴキブリホイホイにかかって足掻《あが》いているティラノザウルスでも見たような顔をして」

「どんな顔ですかっ！　いや、っていうか、なんでここに居《い》るんですか、い、い、い、真儀瑠先生！」

ようやく我《われ》を取り戻《もど》し、慌《あわ》ててツッコム。椎名姉妹がぽかんと成《な》り行《ゆ》きを見守る中、問題の女性……真儀瑠先生は、ニヤリと妖《あや》しい笑《え》みを浮《う》かべた。

「顧問《こもん》だからな。生徒会室には来るぞ」

「い、いや、そういうことじゃなくて！　さっき、職員室に会長と知弦さんを呼び出したばかりじゃないですか！」

「ああ、呼び出したな」

「じゃあなんでここに居《い》るんですか！」

「すっぽかした」

「…………」

……………理解《りかい》。この人は、悪魔《あくま》だ。

ようやく事態《じたい》を把握《はあく》したらしい深夏が、「おいおい！」と突《つ》っかかる。

「ちょっと待て！　なんでそんな地味《じみ》な嫌《いや》がらせをしてんだよ！」

「派手《はで》な嫌がらせの方が椎名（姉）は好みか？」

「そういう問題じゃねー！　そもそも、嫌がらせをすんな！」

ヒートアップする深夏を、真冬ちゃんが「まあまあ」と宥《なだ》める。しかし、基本は真冬ちゃんも深夏と同意見の模様《もよう》で、少し顔をしかめながら真儀瑠先生に訊《たず》ねる。

「でも、どうしてこんなことを？」

「面白いからだ」

「え〜〜〜」

「冗談だ。そんなに軽蔑《けいべつ》するような目をするな、椎名（妹）」

「そ、そうですよね。曲《ま》がりなりにも先生ですしね」

「うむ。曲がりなりにも先生だぞ、私は」

なぜそうも偉《えら》そうなんだ。

「よし、椎名（妹）。お前が妹キャラであることに免《めん》じて、本当のワケを話そう」

「なぜ妹だと免じられるのかが分かりませんけど……聞きます」

「私が桜野と紅葉を職員室に呼び出し、すっぽかした本当の理由。それは……」

「それは……」

なんとなく、俺まで、ごくりと息をのむ。

真儀瑠先生はたっぷり間《ま》をおいた後、口を開いた。

「彼女らが生徒会室不在の間に、更《さら》なる嫌がらせをここで行うためだ！」

「よし、教育委員会に通報《つうほう》だ、真冬ちゃん」

「はい」

俺と真冬ちゃんは連携《れんけい》して即座《そくざ》に携帯で教育委員会に連絡を取ろうとしたが、素早《すばや》い動きで真儀瑠先生に携帯を没収《ぼっしゅう》されてしまった。

深夏が、最早《もはや》呆《あき》れた様子で、嘆息《たんそく》混じりに訊ねる。

「なんなんだよ、一体……」

「うむ。つまりだな。生徒会宛《あて》に手紙が届いたんだが、それを、二人がいない間に晒《さら》してやろうと思ったのだ」

「手紙？」

真儀瑠先生はポケットから無造作《むぞうさ》に封筒《ふうとう》を取り出す。簡素《かんそ》な茶封筒だ。宛名も何も書かれていない。

「ああ、中身の便箋《びんせん》だけ移し替《か》えてきたんだ。実際《じっさい》は、もっと可愛《かわい》らしい、女の子っぽい封筒に入っていたぞ」

「はぁ」

俺は曖昧《あいまい》に相槌《あいづち》を打つ。未《いま》だに状況《じょうきょう》がよく分からないので、確認《かくにん》をとってみる。

「つまり、生徒会宛に手紙が来たと」

「そうだ」

「それは、会長や知弦さんにはナイショで俺達に見せた方が、真儀瑠先生的には面白《おもしろ》いと」

「理解が早い子は好きだぞ、私は」

頭をナデナデしてくれる真儀瑠先生。…………。……ハッ！　鼻の下を伸《の》ばしている場合じゃない！　椎名姉妹の視線も痛い！

「こ、こほん。ええと……それで、何の手紙なんです？　あ、分かった。俺へのラブレターでしょう？」

「おお、察《さっ》しがいいな、杉崎《すぎさき》」

「マジですか！」

「うむ。じゃあ読むぞ。『アカちゃんへ』」

「俺宛《おれあて》じゃね――――――――――！　なんで一瞬《いっしゅん》期待させたんですかっ！」

「私の、趣味《しゅみ》は、嫌がらせ、です」

「なんで英文を訳《やく》したみたいな言い方⁉」

「そして、ダニエルの好物《こうぶつ》は、ママのミートパイです」

「知らないですよ！　ダニエルはどうでもいいですよ！」

「ダニエルの趣味は、自分の口内《こうない》の画像を、ブログで、晒《さら》すことです」

「ダニエル歪《ゆが》んでね⁉」

「まあ、そんなわけで、杉崎じゃなくて彼女宛の手紙だ」

「どんなわけか分かりませんよ！」

「当人《とうにん》は勿論《もちろん》、親友の居《い》る前で晒そうとすると、止められるおそれがあったからな。二人には罠《わな》にかかって貰《もら》った。よし、じゃあ、読むぞ」

真儀瑠先生は早速便箋を開く。しかし、それを真冬ちゃんが「ま、待って下さい！」と制止した。

「そ、そんな、勝手に他人の手紙を読むなんて……」

「本当に本人以外読まれたくないなら、当人の住所に宛《あ》てて送ればいいこと。しかし、この手紙が届いたのは『生徒会宛』にだ。少なくとも、顧問《こもん》の私や、メンバーのお前らにも、読む権利《けんり》はあるんじゃないか？」

「そ、それはそうかもしれないですけど……。でも、アカちゃん……つまり、会長さん宛っぽいですし、やっぱり、当人に渡すべき――」

「椎名（妹）。そして、杉崎も、椎名（姉）も。よく聞け」

『はい？』

全員が見守る中、真儀瑠先生が、ニィっと悪魔の微笑《びしょう》を浮かべる。

「彼女を『アカちゃん』と呼ぶほど親《した》しい友人からの手紙。隠《かく》された彼女の過去《かこ》と交友関係。当人宛じゃなく生徒会に宛てる謎《なぞ》。そして何より、彼女の弱点とも今後なりうるべき情報がたっぷり含《ふく》まれていそうな分厚《ぶあつ》い便箋。

……さて、諸君。本当に内容を、聞きたくはないのかね？　今なら『生徒会宛だったし、当人がいなかったから、中身を確認しちゃいました』という、素晴《すば》らしい免罪符《めんざいふ》付き」

『…………』

俺と椎名姉妹、三人、顔を見合わせる。

視線《しせん》会議。一秒、二秒、三秒。結論。

『真儀瑠先生が無理矢理《むりやり》朗読《ろうどく》するのを、俺（あたし、真冬）達は、本当に頑張《がんば》って止めたけれど、阻止《そし》できませんでした』

……生徒会室に、怪《あや》しく微笑《ほほえ》む人間が、四人ほど、発生した。

＊

アカちゃんへ。

久《ひさ》しぶり。奏《かなで》よ。もう、中学を卒業してから、丸二年以上経《た》っているのね。なんだか不思議《ふしぎ》。私の中ではまだ、アカちゃんの記憶《きおく》って薄《うす》れてないから。

高校生活はどうかしら？　私は……うん、今は、快適《かいてき》ね。入学した当初《とうしょ》は、なんて荒《すさ》んだ学校なんだって思ったものだけど。世界って、本人の気の持ちようでどんな色にも変えられるみたい。今の私は、とても楽しい高校生活を送らせてもらっているわ。

アカちゃんは……あんまり社交的じゃないから、ちょっと心配してる。碧陽《へきよう》学園には、アカちゃんの友達はあまり入学してなかったと思うから……。うん、でも、アカちゃんの可愛《かわい》らしさなら、自《おの》ずと人気は出るかな？

…………。

ごめんなさい。なんか……やっぱり、違和感《いわかん》あるよね、こんなの。

私からの手紙なんて、本当は、アカちゃんは破《やぶ》って捨《す》ててしまいたいんだと思う。それは、こんな当たり障《さわ》りない内容から入ったって……ごまかしきれないよね。

うん。……そうよね。どんなに取り繕《つくろ》っても……過去は、変えられないものね。

私。宮代《みやしろ》奏のことなんか『忘《わす》れたい記憶』に分類《ぶんるい》されて当然だと思っている。

そう……。

中学時代、貴女《あなた》のことを酷《ひど》くいじめていた、私のことなんか。

あの頃《ころ》の私達……いえ、私は、とにかく歪《いびつ》だったわね。今なら……それが、よく分かるようになった。

私はあの頃、自分が貴女にしていたことを、終《つい》ぞ、イジメだとは思ってなかったわ。いえ……つい最近まで、そうだった。

私は、アカちゃんを愛《あい》していたから。いえ……それが愛だと、思い込んでいたから。
あの頃に私が貴女にした仕打ちは、到底《とうてい》、許《ゆる》されるものじゃないと思う。
ごめんなさい。
今になって……それが、認《みと》められるようになったの。

アカちゃんが授業中に一生懸命《いっしょうけんめい》書いていたノートを、笑いながら燃やした。
アカちゃんの友人全員に手を回して、貴女を常《つね》に孤独《こどく》に追いやった。
アカちゃんに対する謂《いわ》れのない誹謗中傷《ひぼうちゅうしょう》を流布《るふ》することに、なんの躊躇《ためら》いもなかった。
アカちゃんをボロ倉庫に丸一日閉《と》じ込めた時、貴女の苦しむ姿を想像《そうぞう》して興奮《こうふん》した。
アカちゃんと仲の良かった野良猫《のらねこ》を虐待《ぎゃくたい》して、そのムービーを貴女に無理矢理《むりやり》見せた。

毎日毎日、私は、貴女に対してそんなことばかりしていたわね。
でもそれは……その頃の私にとっては、本気で、愛情表現の手段《しゅだん》だったの。
とにかく私は、『私には奏しかいない』と、アカちゃんに思わせたかったのだと思う。

……言い訳にしかならないのは、百も承知《しょうち》だけど。今日は、私の本当の心の内を、曝《さら》け出させてほしい。歪《ゆが》んだ私じゃなくて、素直《すなお》な私を見てほしい。

今だから言うけど、私は、親から暴力《ぼうりょく》を受けて育ったわ。母親も父親も、両方から。別に血が繋《つな》がってないとか、そういうことはないのよ？　それに、いい子にしていたところで、特に関係なく、脈絡《みゃくらく》もなく、唐突《とうとつ》に、そして慢性《まんせい》的に、殴《なぐ》られ続けていたわ。

でも、そんな状況だったからかな？　逆に、小学校高学年ぐらいまでは、それが、おかしいとは思ってなかったわ。だって、他《ほか》の家庭のことなんて知らなかったもの。私にとって、愛情表現というのは「そういうもの」だった。

あまりに日常に暴力が入り込みすぎていたのかもしれないわね。私にとってそれは「日常」であり、同時に、「愛情」だった。

……でも、これは、本当に、言い訳。……そう、言い訳。

だって、中学生にもなれば、テレビや雑誌から入ってくる情報で、充分《じゅうぶん》、自分の置かれている環境《かんきょう》が「おかしい」ことに、気付いていたから。

でも、それがなんとなく違和感としては感じても、築《きず》かれた価値観《かちかん》を覆《くつがえ》してしまえる程ではなかったの。

それに……気付いてはいても、認《みと》めるのが怖《こわ》かった。自分の人生の、親の愛情の、全否《ぜんひ》定《てい》よ？　そんなの……簡単《かんたん》には出来なかった。

だから私は……愛《いと》しい貴女に……アカちゃんに……心から大好きな親友である貴女に、あんな仕打ちばかりしてしまったのだと思う。

アカちゃんが私を涙目で睨《にら》み付ける時。私は、そこに、自分が親に向ける視線を見た気がして、恍惚《こうこつ》を覚えていた。アカちゃんは、私が親を愛するのと同じぐらい、私を……他人の私を愛してくれているのだと、思えたから。

……ごめんなさい。心から、今は、後悔《こうかい》している。

とにかく、それが、伝えたくて。

でもまさか、アカちゃんが碧陽学園に行くなんて思わなかった。そこは確かに名門校だけど……でも、アカちゃんの成績《せいせき》なら、もっと上を狙《ねら》って然《しか》るべきだったし。

思えば、三年になった初期の頃からアカちゃんは、『私から逃《に》げる計画』を立て始めていたんだね。ううん、責《せ》めるわけじゃないけど。

アカちゃんの成績は常にトップで、白枝《しらえだ》高校に推薦《すいせん》で行くのがあまりにも当然の選択《せんたく》で。

私は学年で二位の成績だったけど、アカちゃんとは大きな開きがあって。

でも……目立つことを嫌《きら》うはずの貴女が常にトップを維持《いじ》し始めた時点で、私は、もう少し考えるべきだったのかもしれないわね。


まさか貴女が、私の裏《うら》をかいて、ランク下の高校に行ってしまうなんてね。


一本とられたわ。私はすっかり貴女が、白枝高校を志望《しぼう》するものだと思っていたから。

私はアカちゃんの希望する高ランクな学校についていけなくなるのが怖くて、日々、貴女に逃げられないために必死《ひっし》に学力を上げていて。そんな状態《じょうたい》だったから……まさか貴女が逆にランクを落としているなんて、全く気付けなかった。完全に裏をかかれていたわ。

思えばアカちゃんは、最初から、そういうところがあったかもしれないわね。

あ、勿論《もちろん》、悪《わる》い意味じゃなくてよ？

無口だったから殆《ほとん》どの人間が気付かなかったみたいだけれど……私は知っている。

アカちゃん。

貴女ほど狡猾《こうかつ》で、そして恐ろしい人間を、私は、他に知らない。

私がアカちゃんにしてきた仕打ちは、愛情からだと言ったけれど……。本当はもう一つ、理由があったのだと思う。

私は、不安だったんだ。

私は……常に、貴女《あなた》より優位《ゆうい》に立ってないと、怖かった。親友だと思う一方で……貴女が私のモノだと考える一方で……私は、貴女が、全く分からなかった。

私がいくら非道《ひどう》な仕打ちをしても、貴女は決して、屈《くっ》しなかった。泣いたり、悲しそうに顔を歪《ゆが》めたり、怒《いか》りをこちらに向けることはあっても。

一度も、屈することだけは、なかった。

私は、アカちゃんが、なぜそうあれるのか、分からなかった。アカちゃんから、拠《よ》り所《どころ》とするものを全《すべ》て……根こそぎ奪《うば》ったのに。それでも、貴女は、私に屈しない。私だけを見ようとはしてくれない。

あの頃のことを「間違いだった」と思えるようになった今でも……私には、アカちゃんのあの強さの理由が、未《いま》だに分からないの。

ねえ、アカちゃん。貴女は一体、何を支《ささ》えに生きていたの？

今回こうして手紙を送ったのは……あの頃のことを謝《あやま》りたかったのは勿論《もちろん》だけど。もう一つ、アカちゃんの強さの秘密《ひみつ》を、聞いてみたかったの。

ごめんなさい。私なんかには、答えてくれなくていいんだけどね。でも、どうしても、訊《たず》ねるだけは訊ねてみたかったから。

……あのね、アカちゃん。私、今の高校で、恋をしたの。

高校に入ってからも、私の心はずっと、アカちゃんに対する愛情とも憎《にく》しみともつかない感情で一杯《いっぱい》だったわ。貴女が碧陽学園で生徒会役員になって、楽しく過ごしているという噂《うわさ》を聞いて……。「いつか、その幸福《こうふく》をも壊《こわ》してやろう」なんて考えていた時期もある。

だけどね、アカちゃん。私……最近、とっても好きな人が出来たの。

その人はさ、出会った時から、私とよくぶつかってさ。私も、善人《ぜんにん》ぶったそいつのこと、大嫌《だいきら》いだったんだけど……。でも、ある時、気付いたんだ。

ああ、これが、本当の愛情なんだって。

自分の愛を押し付けるんじゃない。自分の心を、「分かって貰《もら》えるように最大限努力すること」。そして、同時に、「相手のことを分かろうとすること」が、愛情なんだって。

なにより、アイツの眼《め》と両親の眼を比較《ひかく》した時に……気付いてしまったのよ。ああ、どんなに敵意《てきい》を向けていても、他人でも……圧倒《あっとう》的に「温《あたた》かい」のは、アイツの眼の方だって。……気付いて、しまったの。

私は……そういうのを、知らなかった。アカちゃんを自分の思い通りにすることだけを、ずっと、考えていたと思う。

環境《かんきょう》のせいにしようとは思っていない。

アカちゃん。中学時代は、本当に、ごめんなさい。

凄《すご》く……凄く、今更《いまさら》だって思う。私が自己《じこ》満足のために謝りたいだけっていうのも、本当は、あるんだ。アイツと……彼と胸を張って、接《せっ》したいからっていう。

だけどね。もしかしたら……私のことが、ずっと、アカちゃんの中で、トゲのように残り続けているんじゃないかとも、思って。

もしそうじゃなくて、私のことなんて思い出したくもないなら、この手紙は、破って捨ててほしい。

でも、私のことが心の傷になっているなら……。今更かもしれないけれど、今の私が、アカちゃんへの謝罪《しゃざい》の念《ねん》で一杯《いっぱい》だっていうことだけは、知っておいてほしくて。それで少しでもアカちゃんのトラウマが楽になるならって、思って。

アカちゃんは、間違ってないよ。

アカちゃんは、常に正しかったよ。

アカちゃんは、自分に自信をもっていて、いいんだからね。

あ、この手紙を、アカちゃんの自宅じゃなくて生徒会に宛《あ》てたのはね、なんとなく、アカちゃんの今の《居場所《いばしょ》》って、こっちなんじゃないかなって、思ったから。

あの頃の私なら、こんなこと、思いもしなかったでしょうね。でも……今の私なら、少しだけ、分かるの。

アカちゃんは……碧陽学園で……いえ、その生徒会で、少し、変わったんじゃないかしら？

勿論、私という呪縛《じゅばく》から逃《のが》れたことも一因《いちいん》としてあるのでしょうけど。でも、私の知っているアカちゃんって、私のことは差し置いても、一人でいることを好《この》む子だったから。特定のコミュニティに属《ぞく》して、仲良しこよしっていうのを毛嫌《けぎら》いしていたというか。私と知り合う以前から、人間嫌いの部分があったような気がして。

そもそも私は、そうして一人でいるアカちゃんが気になって、声をかけたんだもの。結局……私の愛は、貴女を追い詰めることしか出来なかったけど……。

だから……勝手だけど、私は、今は、アカちゃんがそこで……生徒会で楽しく生きてくれていることに、凄《すご》く、ホッとしている。

もし良かったら、そこにいる人達にも伝えてくれないかな。

私、宮代奏は、面識《めんしき》もないけど、あなた達生徒会に、凄く、感謝《かんしゃ》しているって。

……アカちゃん。

最後にもう一度言うけど、本当に、ごめんなさい。そして、ありがとう。

そうそう。アカちゃんは……今、恋してる？　もししているんだったら、いつか、その人のこと紹介《しょうかい》してくれたら嬉《うれ》しいな。あのアカちゃんの心を解《ほぐ》すぐらいなんだから、きっと、凄く素敵《すてき》な人なんでしょうね。

それじゃあね、アカちゃん。

いつか笑顔で再会できたら、嬉しいな。

＊

『…………』

真儀瑠先生の手紙の朗読《ろうどく》が終わり、生徒会室は、静寂《せいじゃく》に包《つつ》まれていた。

「……え、と」

真冬ちゃんが困ったようにオドオドとし始めている。俺《おれ》や深夏、真儀瑠先生は意地《いじ》で黙《だま》っていたが、しかし、耐《た》え切れないように、真冬ちゃんが言ってしまった。

「こ、これって、なんか、凄く感動したと共に……。ま、真冬は、今、その、勝手に読んでしまったことに物凄い罪悪感《ざいあくかん》がフツフツと――」

『言うな――――――！』

俺、深夏、真儀瑠先生は全力で否定《ひてい》する。

真儀瑠先生が、こほんと咳払《せきばら》いした。

「み、みなまで言うな、椎名（妹）よ！　いくらこの私でも、ここまでディープで感動的な内容だったことに、現在、凄くいたたまれないものを感じているのだ！」

「そ、そうだぜ真冬！　気持ちは皆同じなんだ！　今更、ぶり返さないでくれ！」

「真冬ちゃん……。こんな内容を盗《ぬす》み読んで、平然《へいぜん》としていられる程《ほど》、俺達は強くないよ……。悪戯《いたずら》っ子は、逆に、こういう『ドシリアス』に遭遇《そうぐう》すると、滅茶苦茶《めちゃくちゃ》弱いんだ」

言いながら、真儀瑠先生をチラリと見る。完全に撃沈《げきちん》していた。罪悪感に襲《おそ》われているのか、「うがー！」と、綺麗《きれい》な髪を掻《か》き毟《むし》って暴《あば》れている。……美人教師の貫禄《かんろく》、崩壊《ほうかい》。

真冬ちゃんはそんな状況《じょうきょう》を「あ、あはは……」としばらく苦笑混じりに見守っていたが、しかし、最終的には、深く長ぁいため息を吐《つ》いて、俯《うつむ》いてしまった。

……手紙の内容が、あまりにアレすぎた。最終的に、俺達生徒会に感謝するような文面まであったものだから、逆に、良心にズキズキ来ることこの上なし。

しかしこのまま後悔《こうかい》していても仕方ない。実際《じっさい》、会長と知弦さんは、そろそろ真儀瑠先生を待つことにも見切りをつけて、生徒会室に戻《もど》ってくるだろう。特に、あの知弦さんが同行《どうこう》しているのだ。下手《へた》したら、この状況さえ看破《かんぱ》されているかもしれない。必要以上に心を乱《みだ》しているわけにもいかないだろう。

俺は、慌《あわ》てて仕切る。

「と、とにかく！　こ、この手紙は、なんというか、見なかったことにした方がいいと思うんだが……」

皆に提案《ていあん》すると、深夏が、「で、でもよぉ」と涙目《なみだめ》で返してきた。

「それはそれで、こう、もっと罪悪感に苛《さいな》まれる予感が……」

「ま、真冬も、とても耐えられないですぅ……」

「そ、それはそうかもしれないけどっ！　でも、考えてもみろ！　こんな手紙を俺達が先に読んでしまったことが知れたら……逆に、会長が物凄く沈《しず》む可《か》能性《のうせい》もあるだろう！」

「そ、それはそうかもしれねーな」

深夏がコクリと頷《うなず》く。真冬ちゃんも、「そういうことなら……」と、この一件を胸に秘《ひ》めておくことを決意したようだ。

真儀瑠先生に視線をやる。彼女も多少だが復活《ふっかつ》していた。

「そ、そうだな、杉崎。うむ。その通りだ。優《やさ》しい嘘《うそ》というのも、世の中にはある。自分が実は幽霊《ゆうれい》であることを隠《かく》して生活する妹とかな」

「なんの例題か分かりませんが、そういうことです」

「まったく、誰《だれ》だ、こんなタチの悪い悪ふざけを提案《ていあん》する馬鹿者《ばかもの》は……。デリカシーのカケラもないな」

「………そうですね。さて——」

「待て杉崎。ツッコンでくれないという対応が、逆に、凄く辛《つら》い——」

「ほら皆、涙拭《ふ》けー。笑顔笑顔ー。頭を切り替《か》えろー」

「悪かったよ！　ああ、悪かったよ！　この『なかなか謝《あやま》らない』ことで有名な真儀瑠紗《さ》鳥《とり》、今回ばかりは、教師《きょうし》の立場でありながら、生徒に全力で謝罪《しゃざい》する勢《いきお》いだよ！」

勝手に追い詰められている真儀瑠先生を尻目《しりめ》に、俺達は「迎撃態勢《げいげきたいせい》」を整える。ぎゃーぎゃーと五月蝿《うるさ》い先生に手紙を隠《かく》させる。

そして、全ての作業を終えた時。

＊

ガラガラと、生徒会室の戸を開き、例の人物が、戻ってきた。

「あ、真儀瑠先生？　なんでここにいるんですかっ！　職員室で待ってたんですけどっ」

生徒会室に真儀瑠先生を発見した会長が、早速《さっそく》この状況にキレる。しかし……まだ、手紙関連のことは気付かれていない。

真儀瑠先生は、ぎこちなく笑う。

「あ、ああ、すまないな、桜野。ちょ、ちょっとしたジョークだ、ジョーク」

「まったく、なんでそんな幼稚《ようち》な……。って、先生。その席、私の――」

「あ、ああ！　わ、悪い！　い、いや、その……。こほん。『殿《との》、温《あたた》めておきました』」

「夏なのに!?　いやがらせ!?」

真儀瑠先生の不審《ふしん》な対応に、会長は首を傾《かし》げながらも、ちょこちょこと自分の席に戻ってくる。真儀瑠先生はそそくさと、入り口側の方に移動し、折りたたみ椅子《いす》を組み立てて、自分の席を作った。

会長が未《いま》だに真儀瑠先生を怪訝《けげん》そうな顔で見ているのに気付き、俺は、慌ててフォローに回る。

「と、ところで会長。知弦さんはどうしたんですか？」

「ん？　ああ、知弦は、ついでに自販機《じはんき》でなんか買ってから戻ってくるって……」

「そ、そうなんですか。………」

「？　杉崎、どうしたの？　なんか、顔に汗《あせ》ダラダラかいているみたいだけど……」

「きょ、今日は暑いですねー！」

「??　そう？　そんなことないと思うけど……」

会長が更に不思議《ふしぎ》そうな表情をする。この状況をみてマズイと思ったのか、深夏が、少し上擦《うわず》った声で助け船《ぶね》を出してきた。

「か、会長さん！」

「っ！　ど、どうしたのよ深夏、急に大声あげて」

「い、いや、その……」

とりあえず声を出したはいいが、話題を決めてなかったらしい。深夏も俺と同様顔に汗をダラダラかき始めながら、完全に裏返《うらがえ》った声で、続けた。

「か、会長さんは、中学時代、どんな子だったんだ!?」

（アホかぁ――――――――――――――――――――――――！）

俺、真冬ちゃん、真儀瑠先生が心の中で思い切り叫《さけ》んだ。深夏も自分の失言《しつげん》に気付いたらしく、汗どころか、最早《もはや》、顔を真っ青にしていた。

会長はキョトンと目を丸くしている。

「なんで急に中学時代の話？」

「い、いや、その、ほら……。会長さんのこと、アタシ、全部知りてぇから……」

「なにその動機《どうき》！　百合《ゆり》⁉　百合なの⁉」

「じゃ、若干《じゃっかん》」

「じゃあやだよ！　そんな動機の質問に答えたくないよ！」

「そ、そうか。な、ならいいや」

「引くのも早っ！……なんか私、深夏という人間が全然分からなくなってきたよ……」

会長はげんなりしていた。

ま、まずい。俺達、明らかにおかしい。おかしすぎる。自分達でもそれが充分分かるものの、しかし、それでも簡単《かんたん》に態度を修正出来るものでもない。く……演技《えんぎ》って、こんなに難《むずか》しかったのかっ！

妙な無言の数秒が経過《けいか》してしまった。会長が不審そうに「ん｜？」と俺達を見回している。――と、

「あ、あの！」

慌《あわ》てたように、真冬ちゃんが声をあげた。……頼《たの》む、真冬ちゃん！　もう、キミだけが頼《たよ》りだ！

会長は「どうしたの？」と真冬ちゃんに聞き返す。

「え、えと、会長さん！　今日の議題《ぎだい》ですけど、そ、その……」

「ん？　どうしたの？　ああ、議題に関して何か、やりたいテーマがあるの？　珍《めずら》しいね、真冬ちゃんが提案するなんて。よし、じゃあ、今日はそれを聞いてあげてもいいよ」

（ナイス、真冬ちゃん！）

俺《おれ》、深夏、真儀瑠先生、机《つくえ》の下でぐっとガッツポーズ！　うまい！　これで、完全に話題を逸《そ》らせる！

真冬ちゃんはしかしまだ議題のテーマを考えていなかったのか、「え、えと、えと……」とテンパり始めている。……頑張《がんば》れ、真冬ちゃん！

そうこうしていると、真冬ちゃんは唐突《とうとつ》に、パッと明るい表情を浮かべた。目の前の空間に電球を描《か》いてあげられそうだ。何か、思いついたらしい。

自信満々《まんまん》の顔で、真冬ちゃんが、告《つ》げる。

「そうだっ！　オーソドックスに、イジメ問題なんてどうでしょう？」

（自《みずか》ら地雷《じらい》踏《ふ》んだ――――――――――！）

びっくりするほど鮮《あざ》やかに自爆《じばく》していた。いっそ、美しいほどの自爆だ。笑顔のまま、真冬ちゃんが顔に洪水《こうずい》のような汗をかき始める。俺達三人もまた、完全に俯《うつむ》いて、床にぽたぽたと汗を大量に落としていた。会長の顔が見られない。

「い、イジメ問題？」

ああ、会長の反応が怖《こわ》い。怖い。怖い。

誰《だれ》か、誰か、助けて。この空気を、どうにかして！

俺達が針《はり》のように痛《いた》い沈黙《ちんもく》に耐《た》えていると、しかし、俺達の予測に反して、会長からは緊張感《きんちょうかん》の無い声が発《はっ》せられた。

「別にいいけど、うちの学校、そういうのあまりないんじゃない？　少なくとも、私は聞いたことないなぁ」

「……あ、そ、そう、ですよね」

あれ？　意外と、普通の対応だな。……ええと、会長の中じゃ、過去のことはもうキッパリ割《わ》り切っているということなのかな？

真冬ちゃんはここぞとばかりに引き下がる。

「じゃ、じゃあ、やっぱりやめましょう。う、うん。それがいいです！」

「そ、そう？　真冬ちゃんがいいならいいけど……。……でも、ならなぜ、提案するの」

会長は「わけがわからないわよ……」と、また嘆息《たんそく》していた。……不審《ふしん》がられてはいるようだが、なんとか、まだ、手紙のことはバレていないようだ。

このままいけば、様子がおかしいことは指摘《してき》されても、例の件は隠《かく》しとおせるかもしれない。

俺達の間に希望の光が差し込み始める。真儀瑠先生も顔をあげ、実に安心した視線《しせん》を俺に——

〈カサッ…………〉

「あれ？　真儀瑠先生、ポケットから何か落ちましたよ？」

緊急《きんきゅう》スローモーション、発生。

真儀瑠先生のポケットから……例の手紙が、床に落下《らっか》する。それだけなら、まだ良かった。なぜなら、彼女と会長は対角線上の席にいるのだから。すぐ回収すれば、なんの問題もない……はずだった。

しかし。

〈ふわ……〉

静電気《せいでんき》のせいか、はたまた、風のせいか。手紙をしまった封筒《ふうとう》は、地面スレスレを低空《ていくう》飛行《ひこう》でスルリと滑《すべ》り、そうして、なんの運命の悪戯《いたずら》か、会長の足元へ。

そしてこれまた、なんの天罰《てんばつ》なのか……彼女の足元で、封筒内から手紙が飛び出し、更には、折りたたまれた便箋《びんせん》が開くという――

（ベタに終わったぁぁぁぁ――――――――――――――――――――――!）

そこまで最悪の偶然《ぐうぜん》が重なると、俺達はもう、全く動けなかった。

神を恨《うら》むことしか出来なかった。

「なにこれ？　手紙？　ん？『アカちゃんへ』？……私宛《あて》？」

『――――――』

全員、声なき声をあげる。俺達は今、真《しん》の絶望《ぜつぼう》というものを、目《ま》の当《あ》たりにした。

最早《もはや》、会長が手紙を拾《ひろ》い上げて黙読《もくどく》をするのさえ、止められない。止める気力が湧《わ》かない。死刑執行日《しけいしっこうび》が確定《かくてい》した死刑囚《しゅう》のような心境《しんきょう》だ。

会長が視線を左右に移動させながら、淡々《たんたん》と手紙を黙読する。

「……短い教師人生《きょうしじんせい》だった。……でも楽しかったよ、後輩《こうはい》……」

真儀瑠先生が空中に向かって、何かの最終回みたいな満足げな顔をしながら、危《あぶ》ない目で呟《つぶや》いていた。……俺達も、とてもそれを笑えない。

全員で死刑の宣告《せんこく》を待つ。

会長は手紙を淡々と読み進め……そして、全《すべ》て読み終わると、トントンと紙を揃《そろ》えて、封筒にしまいながら、俺達を見回した。

遂《つい》に、俺達の生徒会が終わる。

そう覚悟《かくご》し、会長の言葉を待つ。

会長は……一つ嘆息した後……なぜか、キョトンとした顔で告げたのだった。

「これ、誰宛の手紙？　少なくとも私は、この、宮代奏っていう人、知らないけど？」

『…………へ？』

全員で、思わず、気の抜けた声を出す。

？？？？？？？？？？？

混乱《こんらん》。会長含《ふく》め、全員の頭の上に「？」マークが複数。……へ？　なに？　どういうこと？

そんな中、戸が再びガラガラと開く。

そこには、片手に炭酸飲料《たんさんいんりょう》の缶《かん》を持ち、もう片方の手には可愛らしい封筒を持った知弦さんが……珍しく、ちょっと不機嫌《ふきげん》な顔で立っていた。

そうして……生徒会室の中の真儀瑠先生を見つけて、一言。

「ちょっと真儀瑠先生。私宛に奏が送ってきた手紙、勝手に開封《かいふう》したんじゃありませんか？　まったく……。机の上に封筒があったから、まさかと思って——って、あれ、皆、どうかしたのかしら？」

『…………』

皆……会長も先生も含めて、アイコンタクト開始。

一秒、二秒、三秒。

代表して、会長が、おずおずと、発言。

「あ、あの、知弦……」

「どうしたの？　アカちゃん」

「あの……知弦って、もしかして、昔、『アカちゃん』とか、呼ばれてた？」

その会長の質問に……知弦さんは、目を丸くする。

「あれ？　その話、アカちゃんにしたかしら？　ええ、そうよ。私、中学時代のあだ名は『アカちゃん』だったわよ。紅葉だから、アカちゃん。——といっても、宮代奏……とある友人しか、その呼び方は使ってなかったけどね」

軽くそんなことを答えながら、スタスタと自分の席まで移動し、着席し、炭酸飲料の缶をプシュッと開けて、ごきゅごきゅと飲み始める知弦さん。

生徒会、沈黙。

一秒、二秒、三秒。アイコンタクト……するまでもなし。

全員、同タイミング。

『なにぃ――――――――――――――――――――――――――――――――!?』

「ぶはっ。ちょ、ちょっと、皆《みんな》、なんなのよ一体」

俺達《おれたち》の大声で、知弦さんがジュースに咽《むせ》る。

俺達は……ただただ、全員、口をあんぐりあけて、知弦さんの顔をマジマジと見つめるのだった。

＊

「……なるほどね。状況《じようきよう》は理解《りかい》したわ。それにしても……人の手紙を勝手に読むなんて、ちょっと、悪趣味《あくしゆみ》にも程がありますよ、真儀瑠先生」

成《な》り行《ゆ》きの説明を聞いた知弦さんが、真儀瑠先生を鋭《するど》く睨《にら》む。今回は先生も流石《さすが》に不敵《ふてき》な態度《たいど》に出られないらしく、素直《すなお》に、「すまなかった……」と縮《ちぢ》こまっていた。

知弦さんはそれを見て、「ふぅ」と呆《あき》れたように嘆息する。

「でもまあ、今回は許《ゆる》してあげます。結果論《けつかろん》ですけど、この内容なら、私も、遅《おそ》かれ早かれ皆に聞いて貰《もら》ったと思いますから。生徒会の皆に感謝《かんしや》しておいてほしいっていう文面もありますし、なにより、生徒会宛っていうのもあるしね」

「そ、そうだろう！　私は、そういう未来を見越《みこ》してだなぁ――」

「真儀瑠先生」

「……すいませんでした」

一瞬調子に乗りかけた真儀瑠先生を、俺がたしなめる。この人は……まったく。

「キー君も。深夏も真冬ちゃんも、ちゃんと反省《はんせい》しなさい。共犯《きょうはん》は共犯なんだから」

「……う。ご、ごめんなさい、知弦さん」

俺も怒《おこ》られてしまった。素直に謝罪《しゃざい》する。椎名姉妹も、俺に続いて、シュンとしながら謝罪をしていた。唯一《ゆいいつ》、会長だけは、特に怒られることもなくシレーッとしている。……まぁ、この人は別に悪いことしてないしな……。今回は仕方ないか。

一通り謝罪も終え、内容の言及《げんきゅう》に関する許可も得《え》たところで、俺は、空気を変えるためにも、話を切り出す。

「それにしても、知弦さんが『アカちゃん』だとは思いませんでしたよ」

「そうかしら？　う～ん……確かに紛《まぎ》らわしいけど、文面見ていると、こっちのアカちゃんとはキャラがそぐわないと思うけど。成績《せいせき》がトップだとかなんだとか。狡猾《こうかつ》だとか」

「そ、それは思ったんですけど……。でもほら、人間、変わる時は変わりますから。俺みたいな例もありますし」

「ああ、なるほど。でも……それでも、よく考えれば違和感あると思うわよ。そもそも、こっちのアカちゃんをアカちゃんと呼ぶのは私しかいないわけだし」

「い、言われてみればそうなんですけど……」

そう。言われれば確かに、手紙の内容的にも、これが知弦さんの過去の話だっていう方が、全部しっくりきているのだ。でも……先入観《せんにゅうかん》って、恐ろしいものだ。

俺が手紙を再検証《さいけんしょう》していると、今度は、真冬ちゃんが「でも……」と疑問《ぎもん》を口にした。

「言い方悪いかもですけど……昔《むかし》、こういう複雑《ふくざつ》な関係にあった相手に自分がつけられたあだ名を、また、どうして、親友の会長さんに？」

「あ、それはあたしも聞きたかった」

深夏も便乗《びんじょう》する。言葉にしたのは彼女らだが、それは、生徒会全体の疑問だった。自分の昔のあだ名を親友に与える……しかもあまり良い思い出とは言えないあだ名を。それって、なかなか矛盾《むじゅん》したことなんじゃないだろうか。

俺達の不思議そうな視線に、知弦さんは、ふっと苦笑した。

「そんなことないわ。逆の考え方なのよ」

「逆？」

「つまり、あまりいい思い出じゃないからこそ、なの。私は奏の件《けん》を、高校入学と共に完全に吹っ切ったつもりだったから。そう思って、高校で過ごしていたから。

でもあの日……アカちゃん……じゃなくて、桜野くりむと出会った時に、最初に頭の中に浮かんだあだ名が、『アカちゃん』でね。その瞬間《しゅんかん》、ああ、ここでそのあだ名付けを躊躇《ためら》うようでは、私は、それこそ、奏をちゃんと吹っ切れていない証拠《しょうこ》だと感じたの」

「それで……あえて、親友にそのあだ名を？」

「そういうことね」

知弦さんはそう笑って、炭酸飲料を一口呷《あお》る。……彼女が炭酸を飲むなんて珍しい。もしかしたら、真儀瑠先生の机《つくえ》で封筒を見つけた時、何か、思うところがあったのかもしれない。

知弦さんの話に、会長は、「な、なんかそう聞くと、今度は、私がとても複雑なのだけれど……」と呟《つぶや》いていた。

俺は、会長の肩《かた》に手をぽんと置く。

「まあまあ。そう気を落とさないで下さい。……量産型《りょうさんがた》アカちゃん」

「がーん！　量産型……」

「それが不満なら……そうですね。『ニセアカちゃん』でしょうか」

「がーん！　に、ニセ……」

「『アカちゃんII』でも可《か》ですね」

「お、なんかそれは、逆に、強くなった気がするわね！　バージョンアップって感じ」

「『ニュー　アカちゃん』とか」

「そういう言われ方だと、悪い気はしないわね」

「『旧世代《きゅう》の時代は終わったのだよ！　これからは、私が真《しん》のアカちゃんだ！』的な」

「なんで私と知弦を対立させるのよ！」

「アカちゃん……まさか私をそんな風に捉《とら》えていたなんて……」

「知弦も本気にしないでよ！　別にそんなに思い入れないよ、そのあだ名！」

結局、会長は「おさがりのあだ名」だったことを、特に気にしてもいないらしい。実際《じっさい》俺達も、知弦さんが「アカちゃん」と呼ばれているところを見たことがあるわけじゃないので、やっぱり会長こそ「アカちゃん」という認識《にんしき》だし。

俺は会話を続けながら、もう一度手紙を読み返し……そうして、一人、少しだけ納得《なっとく》していた。

去年の秋。俺は、知弦さんと保健室《ほけんしつ》で初めて出会った。あの時のことは今でも鮮明《せんめい》に思い出せる。放課後の保健室、夕焼《ゆうや》けに照《て》らされながら、ベッドに座《すわ》り、開け放した窓《まど》から外を切《せつ》なげに見つめる、髪《かみ》をなびかせた美女……。そんな光景を、忘《わす》れられるわけがない。

俺に気付いて、彼女は、無理のしすぎで貧血《ひんけつ》を起こした俺を介抱《かいほう》してくれた。保健委員でもなんでもない、ただの保健室常連《じょうれん》だったのだけれど。それでも手際《てぎわ》良く俺を介抱してくれ、そして、少しだけ話も聞いてくれて。

俺の……幼馴染《おさななじみ》と妹に関する悩みを受け止めてくれた知弦さん。その頃《ころ》、ようやく俺も既《すで》に全部吹っ切ったと思っていたのに……知弦さんの前では、なぜか、涙が溢《あふ》れてしまって。保健室の、あの雰囲気《ふんいき》のせいだろうか。体が弱っていたからだろうか。

でも、知弦さんは、そんな俺を、優《やさ》しく、抱《だ》きしめてくれて。そして、照れる俺に向かって、こう言ってくれたんだ。


「心の傷ってね。自分で癒《い》えたと思っても、本当はそうじゃないことが多いのよ。元気に振《ふ》る舞《ま》うことも、空元気《から》も必要よ。だけど……たまには、ちゃんと、感情は吐《は》き出さないといけないわ。ね……鍵《けん》君。いえ……そうね。鍵だから、キー君。

ふふ……名前の通りね、キー君は。自分の心にガッチリ鍵《かぎ》かけちゃっているみたい。

……いえ、鍵をかけているのは……そして、今、開いて癒《いや》して貰っているのは……何も、

貴方《あなた》だけじゃないのかも……ね」

そんなことを言いながら、なぜか涙が溢れて仕方なかった俺を、ただただ、優しく、あやすように、抱きしめてくれて。


あの時には……俺は、知弦さんの「傷」っていうのが、よく、分からなかった。でも……そうか。そういう、ことだったのかもしれない。

癒えたと思っても、本当は癒えてない心の傷。自己診断《しんだん》するしかない傷は……やっぱり、どこかで、見落とすんだ。自分は元気だと思い込むんだ。俺がそうで……そして、あの頃の知弦さんも、もしかしたら、やっぱり、そうだったのかもしれない。

でも……でも、この手紙を受け取った、今なら。

俺は、雑談《ざつだん》だらけになり始めた生徒会室で、ゆっくりと、知弦さんに視線を向けた。

彼女もまた、丁度《ちょうど》、こちらを向き、視線が合わさる。

「なに？　キー君」

ジュースを飲みながら首を傾《かし》げる知弦さんに……俺は、ニコリと、微笑《ほほえ》んだ。

「傷はそろそろ塞《ふさ》がりましたか？　知弦さん」

俺のその言葉に、知弦さんは一瞬《いっしゅん》ハッとした表情をし……そして、次の瞬間には、やはりいつもの知弦さんに戻って、ニヤリと微笑んできた。

「そっちこそ、どうなのよ、キー君」

「さぁて。どうでしょうね」

「私も、どうかしらね」

「なんだったら、今度は俺《おれ》が、抱きしめてあげますけど？」

「あら素敵《すてき》。だけど、抱きしめられるのは私の方かしらね？」

「む。今の俺を去年の俺だと思ったら大間違いですよ？」

「それは私も同じ。私を、去年の私と思ったら大間違いよ？」

「…………」

「…………」

二人で睨《にら》めっこするようにしばし見つめ合い……そして、同じタイミングで、二人、

『あははははっ』と笑い出す。

凄《すご》く、満《み》ち足《だ》りた気分だった。……やっぱり、知弦さんは、こうじゃないと。

アカちゃんなんて、もう、どこにもいないんだ。ここに居《い》るのはやっぱり、紅葉知弦、
その人なんだ。そんなことを、思った。

——と。

「……なんか、二人、怪《あや》しい……」

なぜか会長が、とても不機嫌《ふきげん》そうな顔で、俺達を「むー」と睨んでいた。気付けば、椎名姉妹も真儀瑠先生も、俺と知弦さんをジトッと見つめている。

「杉崎、紅葉。不純異性交遊《ふじゅんいせいこうゆう》はいかんぞ、不純異性交遊は。私の前じゃなければいいが」

「鍵……お前、知弦さんに何かしたんじゃねーだろうな？」

「先輩……真冬は、ちょっと、二人が気になりますよ。……ボーイズラブだと信じていたのにぃっ！」

皆の反応に、俺と知弦さんは再度視線を合わせ……二人、苦笑する。

「む――――――――！」

会長が更に不機嫌になっていた。椎名姉妹も真儀瑠先生も、やいのやいのと言ってきている。

知弦さんから、アイコンタクト通信。

(ねぇ、キー君。こんなメンバーに囲《かこ》まれて……私がまだ、『過去の傷』がどうとか……うじうじしていると思う？)

その問いに、俺は、自信を持って、返す。

（いえ、全く。少なくとも俺は……自分の過去でうじうじするのを、最近は、とても馬鹿《ばか》らしく感じているところですよ）

（そう。それじゃあ……お互《たが》い、もう、抱きしめ合う必要はなさそうね）

（あ、それは残念です。やっぱり、俺、凄く傷ついてます。癒しを求めています）

（そう。じゃあ……）

（抱きしめてくれるんですか？）

（そうね……。でも次は、もしかしたら、癒すこと以外が目的かもしれないけど）

（？？？）

（ふふ。キー君って、意外と鈍感《どんかん》よね。まあ、そこが面白《おもしろ》いんだけど）

なんか分からんが、えらく評価《ひょうか》されていた。ええと……抱きしめてもらう約束はどうなったんだ？　結局、抱きしめて貰《もら》えるのだろうか？

なんだか、またはぐらかされた気がするが……。

「こら、杉崎！　聞いているの!?　知弦とのこと、ちゃんと説明して貰いましょうか！」

「はいはい。全く、会長。嫉妬《しっと》は見苦しいですよ？」

「な——」

照れと怒りで真っ赤《まっか》になる会長。そして、こんな些細《ささい》な話題に、マジな姿勢《しせい》で乗ってきてくれる、椎名姉妹や真儀瑠先生を眺《なが》める。そして……ちらりと、そんな皆を観察《かんさつ》して、優《やさ》しく微笑《ほほえ》む知弦さんを確認《かくにん》。

それらを見て、俺は、一人、結論する。

この生徒会にいる限り、俺も知弦さんも、二度と、特別な「癒し」を求めることはないだろう。

なぜなら。

この温かい日常が、俺達にとって何よりの、心の栄養剤《えいようざい》なのだから。

【存在しえないエピローグ】

やあ、君か。ははっ、そんなに改《あらた》まる必要は無い。楽《らく》にしたまえ。

さて……ここに呼ばれた理由は、分かるね？

そう。今回君のとった行動についてだ。

確《たし》かに《企業《きぎょう》》は君に状況《じょうきょう》の打開《だかい》を依頼《いらい》した。しかし……あの行動は些《いささ》か、度《ど》がすぎるのではないかね？

まあ、私個人としては、大変楽しませてもらったがね。ははっ。

大それたプロジェクトの統括《とうかつ》をやっている割《わり》には、地味《じみ》な日常でね。ほら、結果が分かり辛《づら》すぎるだろう、これ。

唯一《ゆいいつ》の楽しみと言ったら、あの生徒会や生徒の巻き起こす騒動《そうどう》を見守ることぐらいさ。

まるで、今じゃ本物の理事長《りじちょう》みたいだろ。

さあ……。そうは言ってもしかし、私も《企業》の社員だ。君の行動を黙認《もくにん》するわけにもいかない。

さて、どうして、あのような行動をとった？

なぜ、生徒会を一度解散《かいさん》させ、再集結させるなどという、干渉限界《かんしょうげんかい》に抵触《ていしょく》しかねない危険《きけん》な行動をとったのかね？

……ああ、そうだな。結果論《けっかろん》ではあるが、確かに、システムに影響《えいきょう》は出なかった。

しかし、《企業》のお歴々《れきれき》ばかりか、《スタッフ》の面々《めんめん》にまで反感を買っているぞ、君は。もうちょっと、うまくやってはくれんかね。

作戦のうち、か。そう言われてしまっては、こちらも何も言えんがね。

だが、次は無いと思いたまえ。君のような人間にとっては下《くだ》らないことかもしれんが、うちに限らず、《企業》っていうのは頭の固《かた》い老人や馬鹿《ばか》げたルールがあるからこそ、成り立っている部分も多いのだ。分かるね？

うむ……まあ、分かってくれたなら、それでいい。

私個人としてはしかし、今回は楽しませて貰《もら》ったよ。今後も期待しているよ。

《スタッフ》期待のホープ、真《ま》儀《ぎ》瑠《る》紗《さ》鳥《とり》君。

【えくすとら～シリーズ化する生徒会～】

「継続《けいぞく》こそ力なりぃっ！」

会長がいつものように小さな胸《むね》を張ってなにかの本の受け売りを偉《えら》そうに語っていた。

とはいえ、なんだかいつもより、やけに端的《たんてき》な名言だった。

俺達《おれたち》が物珍《ものめずら》しいものを見る目で会長を眺《なが》めていると、彼女はしおしおと珍しく力をなくし、嘆息《たんそく》しながら呟《つぶや》く。

「……名言ブームがそろそろ私の中で去りかけているわ……」

『あー……』

会長の言葉に、全員で苦笑《くしよう》する。俺は目を細めた。

「つまり、そろそろネタも尽《つ》きてきたと」

「っ！　そ、そういうわけじゃ、ななな、ないけどっ！」

あからさまに動揺《どうよう》して顔を背《そむ》ける会長。……ネタ切れらしかった。そりゃ、こうも四六《しろく》時中《じちゆう》、隙《すき》あらば名言を持ち出していてはネタも切れるだろう。元々語彙《もともとごい》の貧困《ひんこん》な会長だから尚更《なおさら》だ。

意地を張る会長に、真冬《まふゆ》ちゃんがおずおずと声をかける。

「あ、あの、でも会長さん。今回の名言とその行動は、完全に対極《たいきょく》なような……」

「うぐ……」

つまりはそれほどネタ切れだということだろうか。継続こそ力なりとか言った直後に恒《こう》例《れい》の名言をやめようとしているのだ。……相変《あいか》わらず、色々伴《ともな》わない会長だった。

深夏《みなつ》が制服の胸元《むなもと》を暑《あつ》そうにパタパタと手で煽《あお》いでいる。

「ま、それでもわりと続いた方なんじゃねーの？　去年からちょこちょこ言ってたし」

そういえば、俺も去年この人の口から名言を聞いた覚えがある。成程《なるほど》、三日坊主《ぼうず》というものでもないようだ。

「別にやめてもいいんじゃないの？　アカちゃん」

知弦《ちづる》さんが、辛《かろ》うじて「誰《だれ》も楽しみにしてないんだから」という言葉をのみ込みつつ告《つ》げる。会長は、「う、う〜む」と腕《うで》を組んでいた。

「でも、継続は力だもん……」

「そう思うなら、もう少し続けたら？」

「ううん……確かに、私の名言は、一つの恒例だったからね……。やめちゃうと、皆《みんな》も寂《さび》しいよね……」

（いや、全然）

全員が思っていたが、会長より大人《おとな》なので言わなかった。

会長はしばらくウンウン唸《うな》っていたが、急にぽんと手を叩《たた》くと、「これよっ！」と目をキラキラさせ始めた。……この人の「名案」は大概《たいがい》俺達にとってろくでもないことなので、他のメンバーは既《すで》にテンション下がり気味《ぎみ》である。

会長は、憎《にく》たらしいぐらいの笑顔だ。

「『生徒会の一存《いちぞん》』を出して結構経《けっこうた》ったわ！　そろそろ二巻を出してもいいぐらいには活動したはずよっ！　つまりシリーズ化っ！　『生徒会シリーズ』発足《ほっそく》っ！　今日は、私の名言を続けるか否《いな》かも含《ふく》め、『シリーズ構想《こうそう》』について話し合いましょう！」

「…………」

ろくでもなかった。

そもそも、この人は生徒会の仕事をする気があるのだろうか？　一巻を出した時だって、かなり強行軍《きょうこうぐん》で無理をした。業務《ぎょうむ》をこなしつつの執筆《しっぴつ》や校正《こうせい》も大変だったし、発案してから一ヶ月で本にしちゃうという無茶《むちゃ》までしでかした。会長が圧力《あつりょく》をかけて仕事させた富士《ふじ》見書房《みしょぼう》の編集さんなんて、この本の製作過程《かてい》で三人程廃人化《はいじんか》したとかしないとか。

そうまでしてやっと作った本を……今度はシリーズ化するってか。そもそも、一巻売れているのだろうか。富士見書房は、在庫《ざいこ》抱《かか》えて泣いているんじゃなかろうか。そこに二巻やら、果《は》ては三巻の構想だなんて……。

まあ。

「ま、やりましょうか」

面白いから同意するけどね。知弦さんも椎名《しいな》姉妹《しまい》も呆《あき》れた顔をしつつも少し笑っていた。

……会長はアホだけど、そんなアホにつきあうのが、結局皆嫌《みなきら》いじゃないのだ。今はいないが、うちの顧問《こもん》だって言えばノリノリで付き合ってくれるだろう。

会長はホワイトボードに議題《ぎだい》を素早《すばや》く書くと、「それでねっ！」と話を切り出した。

「シリーズ化するメリットって、やっぱり沢山《たくさん》あると思うのよ。一冊《いっさつ》完結のものより、こう、登場人物に愛着湧《あいちゃくわ》くでしょう？」

「それはそうですね」

読書好きの真冬ちゃんが頷《うなず》く。

「つまり、私達のことをもっともっと好きになってくれる人が出てくるってこと。それがここの生徒の場合……生徒会の人気は磐石《ばんじゃく》のものとなる！」

よく『磐石』なんて言葉を知っていたものだ……と、俺は変なところに感心しつつ、首筋を掻《か》く。

「アカちゃんにしては、割《わり》と考えているわね」

知弦さんが会長の頭を撫《な》でる。会長は複雑《ふくざつ》そうにしていた。

「な、なんかトゲのある褒《ほ》め方だけど……。と、とにかくっ！　シリーズにはすべきだと思うの！」

「まー、それはいいぜ。実際、大変ではあったけど、前回の本作りも割と楽しかったしな」

深夏の同意に、会長は更に目を輝《かがや》かせて話を続ける。

「じゃあじゃあ、そうねぇ。……まずは、今後の展開《てんかい》の方向性を話し合いましょうか」

「方向性？　ありのままを書くだけなのに、方向性も何も……」

俺が首を傾《かし》げると、会長は「甘いわねっ、杉崎《すぎさき》！」と鋭《するど》い目つき。

「シリーズ化する以上、いつまでも日常をダラダラ描《えが》いているだけじゃ駄目《だめ》なのよ！」

「いや、だって、それが事実っていうか……」

「駄目っ！　杉崎だって分かるでしょ？　物語は、メリハリがなきゃっ！」

「だから、ありのままの日常を描くっていう趣旨《しゅし》のものにそれを求めちゃ……」

「二巻以降は軽くフィクションも可っ！」

「えー」

一巻全否定だった。もう、ただの創作だった。……いいのか、それ。

「いいのよ!」

いらしい。っていうか、会長にまで心読されていた。俺、どんだけ顔に出やすいのだろう。

「エンターテインメントを提供《ていきょう》するためには、多少の味付けも必要なのっ！」

「新聞部部長みたいなこと言い出しましたね……」

「うっ！　あ、あんなのと一緒《いっしょ》にしないでよ！」

うむ。そうだな。それは、リリシアさんに失礼《しつれい》だったな。

「そうですね」

「なんか逆の方向性で同意された気がするけど、まあいいわ。とにかく、シリーズ化するにあたってのことを考えましょう！」

会長の意志は固《かた》いようだ。まあ、別に俺もそこまで「生徒会の一存」に思い入れがあるわけじゃないので、ここらで引き下がる。書くのは俺だけど……。ちょっとした味付けぐらいなら、前巻でも俺が勝手にしたし（メタな台詞《せりふ》を盛《も》り込んでみた）。

知弦さんと椎名姉妹はどうやら会長に全面的に乗っているらしく、既にそれぞれ「シリーズ」について考え始めている。

会長の「じゃあ、いい案ある人ー」という呼びかけに、最初に深夏が「はーい」と元気良く手をあげていた。

「はい、深夏さん」

会長に当てられ、深夏は俺の方に向き直る。どうやら、執筆者は俺だから、俺に意見をぶつけるつもりらしい。会長も文句《もんく》を言わないので、まあ、そういう形式《けいしき》でいいのだろう。

俺も深夏の方を向いた。真摯《しんし》に彼女の意見を受け止める構《かま》えをとる。

深夏は、真《ま》っ直《す》ぐな目で俺を見据《みす》え、そして、告げた。

「鍵《けん》。あたしの意見を、聞いてくれ」

「あ、ああ」

「あたしな……鍵。『生徒会の一存』は、シリーズ化するにあたって……」

「…………」

深夏の真剣な態度《たいど》に、息をのむ。彼女は、意《い》を決《けっ》するように、口を開いた。

「ラスボスを早めに登場させておくべきだと思う！」

「どんな方向性だよっ！」

真面目《まじめ》に聞いて損《そん》をした。しかし、今日は「俺がアウェー」の日なのか、他《ほか》のメンバーは「それは一理《いちり》あるわね」やら「さすがお姉ちゃん」なんて、完全に深夏側だ。俺《おれ》は、この生徒会の唯一《ゆいいつ》の良心《りょうしん》として、激《はげ》しく反対する。

「お前、ラスボスとか出るってことは、完全に一巻から話が変わるぞ、おい！」

「いいじゃねーかっ！　序盤《じょばん》から黒幕《くろまく》の伏線《ふくせん》張っとかないと、盛《も》り上がらねーぜ！」

「そんな盛り上がりはいらない！　誰《だれ》と、なんで戦うんだよ！」

「なんで？　そんなの、敵《てき》の目的が『銀河消滅《しょうめつ》』だからに決まってんだろう！」

「規模《きぼ》でけぇよ！　生徒会がしゃしゃり出る問題じゃねえよ！　そこらは、スーパーロボットに乗った人達が大きな戦《いくさ》を仕《し》掛けてくれるのを期待しとけよ！」

「じゃあ、生徒会がロボットに乗る！」

「もう生徒会が舞台《ぶたい》である必要さえなくねえ⁉」

「機動《きどう》生徒会」

「なんかありそうなタイトルだー！」

「攻殻《こうかく》生徒会」

「近未来！」

「コードギ○ス～戦慄《せんりつ》の杉崎～」

「なんか俺の扱《あつか》いが怖《こわ》い！　そして生徒会から完全にかけ離《はな》れた！」

「そんなわけで、ラスボス出そうぜぇ～」

「いやだよ！　そんなもん書きたくねぇよ！」

「……作家って、わがままだよな……。編集さんも大変だ」

「俺悪いの⁉　今の、俺悪いの⁉」

「『自分の思いいれある作品に、余計《よけい》な手は加えて欲《ほ》しくないです』か？　けっ、既《すで》に大《おお》御所《ごしょ》気取《きど》りかよ、このぺーぺーがっ！」

「俺、そこまで言われるほど主張しましたかっ⁉」

「ま、いいや。そんなわけで、あたしの意見もちょっとぐらい聞いてやって下さいや、作家先生様」

「やな感じっ！」

　まるで俺が、聞き分けの無い作家みたいな締《し》め方《かた》だった。いや、そもそも俺は執筆者・記述者であって、作家じゃあない。俺が全《すべ》てを握《にぎ》っているわけじゃないのだ。しかしそうは言っても、こう、大きな改変《かいへん》はやはり……書く側としてちょっと。

　俺と深夏の議論《ぎろん》が終わると、次は、真冬ちゃんが「はい」と手を上げた。会長に指《さ》され、今度は真冬ちゃんが俺を見る。……俺は嘆息《たんそく》した。

「……なんか真冬ちゃんの場合は、聞かなくても予想つくよ……」

「はい？」

真冬ちゃんはくりくりとした綺麗《きれい》な瞳《ひとみ》を俺に向けたまま、無邪気《むじゃき》に首を傾《かし》げる。

俺は苦笑した。

「どうせ、ボーイズラブやらネオロマの方向性に向かいたいんでしょ？」

「む。失礼な。真冬の希望は、もっと別ですよっ！」

「え、そうなの？」

意外だった。ぷりぷりと怒《おこ》っている真冬ちゃんを見ると、どうやら、本当らしい。

俺は慌《あわ》てて居住《いず》まいを正し、きちんと彼女に向き直る。真冬ちゃんは、「いいですか？」

と、真剣な目で話を切り出してきた。

「真冬はですね……」

「うん」

「舞台を異世界に移《うつ》すべきだと思います！」

「姉妹揃《しまいそろ》って生徒会を完全無視《むし》かぁ――――――！」

酷《ひど》かった。いっそ、ボーイズラブならまだ現実的にやれないこともなかったのに。流石《さすが》に直接的な描写《びょうしゃ》はなしにしろ、ちょっと友情以上のものを匂《にお》わせるぐらいなら、俺だってやってあげないでもない。しかし……この姉妹は……。

「異世界に行って、そこで真冬は王女様になって、国を率《ひき》いて、戦争して、でも敵国の王子様と禁断《きんだん》の恋《こい》に落ちてしまったりするのです！」

「完全に趣味に走ったね！」

「他にも、『いつもニコニコしている腹心《ふくしん》の美青年』とか、『ぶっきらぼうだけど、本音《ほんね》を言い合える仲《なか》の少年』とか、『ちょっと大人な軍師《ぐんし》さん』とか、そこら辺を取り揃《そろ》えてくれると、真冬は嬉《うれ》しいです！」

「完全に真冬ちゃん中心の少女向け展開《てんかい》だよねぇ、それ！　そして、俺達他のメンバーは一体どこへ！」

「あ。……。……えと、先輩《せんぱい》達は、えーと、うん、四人で『帰還《きかん》の秘宝《ひほう》』を探《さが》しにいっちゃうのです」

「シリーズ終盤《しゅうばん》まで再出演が無い予感！」

「その間、真冬は国政《こくせい》とか恋とか友情とかの狭間《はざま》で揺《ゆ》れ動き、成長していくのですよ」

「富士見書房より他に適《てき》したレーベルがある気がする！」

「アニメ化も視野《しや》にいれます」

「勝手にいれないでくれる!?」

「映画化も視野にいれます」

「随分《ずいぶん》広いですねぇ、視野！」

「そうしてハリウッドを経由《けいゆ》し……最終的にはゲーム化です！」

「最終目標で規模縮小《きぼしゆくしよう》しなかった？　っていうか、完全に真冬ちゃんの趣味の具現《ぐげん》だよねえ、このシリーズ！」

「なんですか先輩《せんぱい》。そんなに、このシリーズ構想《こうそう》が不満ですか」

「俺が満足出来る部分がどっかに盛り込まれていましたかねぇ！」

「仕方ありません。じゃあ……ええと、『帰還の秘宝』を取りにいく冒険《ぼうけん》の最中《さいちゆう》で、杉崎先輩は、会長さんと結婚《けっこん》の約束をする、という展開を盛り込んでもいいですよ」

「お、それはなかなか……」

「『俺、この冒険が終わったら結婚するんだ』って」

「次の章あたりで俺死ぬよねぇ！　完全に俺に死亡《しぼう》フラグ立てたよねぇ、今！」

「ひゅ、ひゅ〜」

「下手《へた》な誤魔化《ごまか》し方っ！」

俺が全力でツッコミ続けると、真冬ちゃんはようやく「仕方ないですねぇ」と引き下がった。そうして、しばし黙考《もっこう》した後、「じゃあ第二案！」とか言い出した。

俺はぐったりとうな垂《だ》れる。

「真冬ちゃん……最近、ちょっと自己《じこ》主張強くなってきたよね……」

「この生徒会役員ですから」

妙《みょう》に納得《なっとく》してしまう自分がイヤだった。

「ではでは、第二案です、先輩」

「はいはい。異世界は禁止ね」

「大丈夫です。今回は、地《ち》に足がついた提案です」

「お。それは期待できそうだな」

ようやくまともな案が出るかと、俺は襟《えり》を正した。

真冬ちゃんは一つ可愛《かわい》らしくこほんと咳払《せきばら》いし、次の案を告げる。

「二巻で生徒会は、真冬以外、全部美男子に入れ替《か》わります」

「うん、地に足はついたけど、代わりに俺達が一掃《いっそう》されたね」

「いいじゃないですか。現実だと、杉崎先輩が割《わり》とそんな状況なんですよ？　真冬にも、せめて物語の中でくらい、少女漫画状況《まんがじょうきょう》を楽しませて下さい」

「逆ハーレム狙《ねら》いかっ！　俺の対《つい》存在かっ！　はっ！　もしや俺にとってのラスボスとは、実はキミかっ！　美少年ハーレムを狙いつつ、銀河消滅も狙っているのかっ！」

「ふっふっふー」

「深夏ー！　ラスボスが登場したー！　助けてー！」

「諦《あきら》めろ、鍵。ラスボス登場のインパクトを出すために、メインキャラが一人ぐらい虐殺《ぎゃくさつ》されるべきだ。かなり燃える！」

「主人公なのに生贄《いけにえ》!?」

「キー君。実は、富士見書房は過去《かこ》に、全五巻構成なのに四巻で主人公が死んでしまうラブコメを出版《しゅっぱん》したことがあるわ」

「その情報は聞きたくなかった！」

「諦めなさい、杉崎。今の貴方《あなた》では……真冬ちゃんには勝てない」

「そういうセリフが出たら確実《かくじつ》に勝てないよね、主人公！　うわぁーん！　俺《おれ》、ピンチ！　小説の中じゃなくて、リアルにピンチ！」

「ふっふっふー」

「く……来る！」

「真冬拳法《けんぽう》最終奥義《おうぎ》……」

「しかも最初から最終奥義っ！　出し惜《お》しみなしかっ！」

「とわぁー！」

「ぎゃー！」

「………という展開で、どうでしょう、杉崎先輩」

両手をバンザイした状態《じょうたい》で俺を襲《おそ》うような格好《かっこう》をしながら、真冬ちゃんが訊《たず》ねてくる。

俺は、満面の笑みで返してあげた。

「全力で却下《きゃっか》」

「ええー！」

真冬ちゃんはすっかり落ち込んでしまった。……っていうか、なんだその話。そんな話を読んで満足する人が、この世に存在《そんざい》するのだろうか。

深夏、真冬ちゃんと退《しりぞ》けると、予想はしていたが、遂《つい》にここで彼女が立ち上がった。

「じゃあ、私も意見、いいかしら？」

そう不敵《ふてき》な笑みを浮かべながら、彼女……知弦さんが俺を見つめる。俺は一つ、深呼吸とも嘆息《たんそく》ともつかない息を吐いてから、「どうぞ」と彼女に向き直る。

知弦さんはスカートを直しつつ、軽く椅子《いす》に座《すわ》り直した。

「生徒会シリーズ……それは、この生徒会の日常を描《えが》くもの。そうよね、キー君」

「その通りです」

「だったら私は、そのテーマに則《のっと》って、ちゃんと提案《ていあん》するわ」

知弦さんがふわりと微笑《ほほえ》む。

「おおっ！　それですよ！　そういう意見を、俺は求めて——」

「二巻以降、毎回殺人《さつじん》事件が起こるようにしましょう！」

「完全に日常とかけ離《はな》れたっ！」

少しでも期待した俺が馬鹿《ばか》でした。今日はやはり、俺がアウェーの日だ。

知弦さんが「甘いわね、キー君」と、どこまで本気なのか分からない眼差《まなざ》しで俺を見つめる。

「世の中には、日常の如《ごと》く、毎週殺人事件に関《かか》わる人間もいるわ」

「主《おも》に名探偵《めいたんてい》という職業《しょくぎょう》の人じゃないですか、それ」

「そう。名探偵にとっては、殺人事件は決して非日常じゃないわ。むしろ、殺人事件が起こらない週が十週も続いたら、連載《れんさい》打ち切りよ」

「それは、そうかもしれませんが……」

「だから、生徒会シリーズでも殺人事件を」

「いえ、そこで一気《いっき》に話が見えなくなるのですが。そもそも、生徒会に名探偵はいないですし……」

「いえ、いるわ」

「どこに」

「ここに」

そう言って自分を指差す知弦さん。

「……………」

……やばい、ちょっと「ありそう」だから怖《こわ》い。この人なら、毎週殺人事件解決《かいけつ》してい
ても、なんか不思議《ふしぎ》じゃない気がしてきた。

俺は、恐《おそ》る恐る訊《たず》ねる。

「知弦さん……もしかして、毎週なんらかの事件に関《かか》わっているのですか？」

「ええ。ちょくちょく殺人事件を解決しては、犯人をここぞとばかりに追《お》い詰《つ》めていじめ
ているわ」

「いやな名探偵ですね！」

「名探偵なんて、皆多かれ少なかれそんなものよ」

妙《みょう》に深い言葉だった。

「S《エス》の性癖《せいへき》と名探偵は切っても切り離せないということね……」

「いやいやいやいや！　切り離せますよ！　絶対切り離せますよ！」

「紅葉《あかば》知弦。趣味《しゅみ》、犯人いじり」

「いじんないで下さい！　殺人事件を題材に欲求《よっきゅう》を満たさないで下さいっ！」

「大丈夫《だいじょうぶ》。自殺《じさつ》されたことはないから」

「それはなによりです……」

「ボウガンで自殺しようとしたらなぜか素麺《そうめん》が射出《しゃしゅつ》されたり、窓《まど》から飛び降りたらトランポリンが仕掛《しか》けられていて、ぽよんと部屋に戻ってこさせたり……」

「ある意味余計に酷《ひど》い！　恥《は》ずかしい！　それは恥ずかしい！」

「傑作《けっさく》よ。それまですごくシリアスに背景語って自殺を決意した犯人が、ギャグな要因《よういん》で助かるのよ」

「ああっ！　自分が犯人だったら、凄《すご》くいたたまれない！」

「そんな扱《あつか》いを受けた犯人は、その後、借《か》りてきた猫《ねこ》のように大人しくなるわ……」

「ある意味超名探偵だっ！」

この人の前でだけは犯罪をすまいと心に誓《ちか》った。

「さて、そんなわけでキー君。二巻以降、殺人事件が起こるってことで、FA？」

「ファイナルアンサーじゃないですよ！　何一つ同意《どうい》してないですよ！」

「盛り上がると思うわよ？　生徒会シリーズ二巻、サブタイトル『杉崎鍵はなぜメイド服まみれで死んだのか？』なんて、最高に面白《おもしろ》いと思うわ」

「しかも被害者は俺かっ！」

「真相《しんそう》は闇《やみ》の中」

「解決さえしてくれないんだっ！」

「三巻に引《ひ》っ張《ぱ》ると見せかけて、三巻じゃすっかり別事件に取り組む生徒会」

「俺の死の扱《あつか》い軽《かる》っ！」

「三巻の事件である、『各国首脳《しゅのう》連続殺人事件』の方で手一杯《ていっぱい》で……」

「うわぁ！　そんな大事件持ってこられると、メイド服まみれで死んだ俺とか激《はげ》しくどうでもよくなりますねっ！」

「四巻では生き返るけどね、キー君。ゾンビキー君として」

「せめて死後《しご》ぐらいそっとしておいてぇ！」

「四巻と五巻をまたがって散々悪《さんざんわる》さした挙句《あげく》、五巻の最後で人知れず消滅《しょうめつ》」

「俺ぇ――――――――――――――――！」

「一方その頃《ころ》、生徒会役員達は全《まった》く別の事件を捜査《そうさ》していたのだった」

「せめて本編に関わらせてぇ――――――――――」

「六巻で遂《つい》に黒幕《くろまく》を追い詰めて、私が散々《さんざん》いじり倒《たお》して、大団円《だいだんえん》。『生徒会は、今日も皆、笑顔です』が、最後の一文」

「俺の死とか完全に忘れ去られてますよねぇ、六巻時点で！」

「じゃあ、やっぱり、最後にキー君のお墓《はか》がガタガタ動いて終了《しゅうりょう》」

「ゾンビ俺復活《おれふっかつ》の予兆《よちょう》!?」

「2が作りやすいわね」

「俺の死はどんだけ冒瀆《ぼうとく》され続ければいいんですかっ！」

しかもその話、俺が書かされるわけで。なんて……なんて非道《ひどう》なんだろう、これは。

俺の疲《つか》れ果《は》てた顔を眺め、知弦さんは心底《しんそこ》満足そうな顔をしていた。なんて生粋《きっすい》のＳ気《き》質《しつ》なんだ……。

さて、こうなると後は、意見を出してないのは会長だけである。……正直《しょうじき》、一番「駄目な意見持ってそう」な人が残ってしまったが、そうは言っても、流れ上、聞かないわけにはいくまい。

「……わくわく」

「…………」

なんか凄《すご》く期待した目で、俺が話を振《ふ》るのを待っていた。……可愛《かわい》い。けど、振りたくない。振ったら最後、ツッコミ地獄《じごく》になりそうな気がする。……しかし……。

「……じゃあ、会長、なにか意見ありますか？」

美少女にはとことん弱い俺だった。会長が「よくぞ聞いてくれましたっ！」と思いっきり立ち上がる。

「ここまで全部却下《きゃっか》されたんだから、もう、私の意見が採用《さいよう》されるしかないわよね！」

なるほど。そういう目論見《もくろみ》があって、今まで珍《めずら》しく黙《だま》っていたわけか。いつもは、一番最初に玉砕《ぎょくさい》するくせに。

しかし会長は一つすっかり忘《わす》れているようなので、一応、指摘《してき》してあげる。

「でも会長。俺もまだ意見出してないんですけど……」

「…………」

完全に忘れていたようだ。会長の顔にダラダラと汗《あせ》が流れ始める。しかし、「うん！」となにかに大きく頷《うなず》くと、軽く現実逃避《とうひ》を始めた。

「す、杉崎の意見なんてどうせ却下に決まっているから、いいのよ！」

「……まあ、いいですけど」

「と、とにかく！　私の意見いくわよ！」

「はいはい」

相変《あいか》わらず可愛い会長だった。知弦さんも、うっとりした目で会長を眺《なが》めている。

皆の生温《なまぬる》い視線が集まる中、会長は自分の意見を提案し始める。

「やっぱり、シリーズなら、深夏の言う『ラスボス』じゃないけど、『全話通した目標』

みたいなのがあるべきだと思うの！」

「お、意外とまともな意見だったな」

深夏が目をぱちくりする。俺は、「それは……」と口を出した。

「あるじゃないですか、既《すで》に」

「え？　なに？」

「俺が全員を攻略《こうりゃく》してハーレムを形成するのが、この物語の行《い》き着《つ》く先でしょう」

「そんな破滅《はめつ》の未来はイヤよ！」

酷《ひど》い言われようだった。

会長は気を取り直して、むんと胸《むね》を張る。

「まあ、深夏の『ラスボス』よりは確かにちょっと現実的に考えて、絆《きずな》とか、そういう関係性という部分で最終目標があるのがいいわよね」

「真冬は、最後にラブラブなカップルが誕生《たんじょう》する純愛《じゅんあい》小説とかも、確かに好きです」

ふむ。まあ、日常系の話なら、そこらでオチをつけるのが妥当《だとう》かもしれない。

しかし、そうは言っても……。

「うーん、でも会長。俺のハーレムエンドならいいですが、それ以外で絆云々《うんぬん》って言っても……。例えば特定のカップルが出来ても、『生徒会』としてのオチではないんじゃ？」

「そうね。だから、恋愛方面はなし！」

「えー」

俺としては凄く不満だったが、まぁ、わからない話じゃない。

会長は「というわけで……」と前置きを終えると、いよいよ、その最終目標とやらを提案した。

「生徒会シリーズの最終目標は、全校生徒からの全面的信任《しんにん》よ！」

「……はい？」

ちょっと意味が分からなかったので、聞きなおす。すると会長は、ふふんと不敵《ふてき》に微笑《ほほえ》んだ。

「真儀瑠《まぎる》先生も加わり、今やこの生徒会の人気は磐石《ばんじゃく》のものとなりつつあるわ」

磐石、好きだな会長。覚えたての言葉を使いたいのだろう。

「でも、どこまでいっても、『生徒全員』が『生徒会』を応援《おうえん》しているわけではないの。悲しいことにね。確かに生徒からの人気は高いのだけれど……全《すべ》ての生徒ってわけじゃない。まだまだ、生徒会に心を許《ゆる》してくれていない生徒もいるのよ」

「それは、そうでしょうね」

確かに、全体を見れば団結《だんけつ》した明るい校風のいい学校だし、生徒会人気も高いが、しかし「全員が全員生徒会を認《みと》めているか」と訊《たず》ねられると、そうではない。

知弦さんが、会長の意見をうまくまとめてくれる。

「つまりアカちゃんは、現在生徒会に心を許していない生徒……少ないけど、その生徒達からも信頼《しんらい》を得て、『生徒全員が一致《いっち》団結した学校』を作りたいと……そういうわけね」

「そう！」

それは、なんだかとても「生徒会長らしい」意見だった。……珍しい。いや、そうでもないか。この人は、なんだかんだいってこの学校……いや、生徒達のことをよく考えている。自分達のやり方に反感を抱《いだ》く人達に歩《あゆ》み寄《よ》りたいというのは、極《きわ》めて自然な心情かもしれない。

ん。でもこれは、創作の話じゃなかったっけ？

「あれ？　会長。今は本の話ですよね？　本の中で解決《かいけつ》するんですか？」

「あ。それは盲点《もうてん》」

「盲点なんですかっ！」

視界がとんでもなく狭《せま》い人だった。

「じゃ、じゃあ、まず現実で『アンチ生徒』の悩《なや》みを解決、それをノベライズの方向で」

「ノベライズって。アンチ生徒って。……そもそも、なんでアンチ生徒の悩みを解決？　悩みがあるから生徒会を嫌《きら》うってわけでもないでしょう？」

「いいえ」

会長は妙《みょう》にキッパリ告げた。

「自慢《じまん》じゃないけど、この生徒会は、健《すこ》やかな心を持つ人間なら普通好きになるはず！」

「どこまで実力の伴《ともな》わない自信家なんですかっ！」

「つまり、この生徒会を嫌うっていう人間は、心が歪《ゆが》んでいるの！　心が歪むからには、なんらかの問題を抱《かか》えているわけで！　だったら、その悩みを解決すれば、晴れてその生徒も生徒会の虜《とりこ》に！」

「ああ、なんかそういう発言が敵《てき》を作っている気がします！」

「だからこれからの私達の目標は、全アンチ生徒のお悩み解決！」

会長のその宣言《せんげん》に、知弦さんが補足《ほそく》する。

「現在の主《おも》なアンチ生徒は……ざっと十人ってところね」

「じゃあその十人のアンチ生徒を、十本刀《じゅっぽんがたな》と呼びましょう！」

「呼ばないで下さい！　敵対関係を煽《あお》りまくりじゃないですかっ！」

「そういうわけで、今後の生徒会シリーズは、十人のアンチ生徒……通称『十人委員会』を一掃《いっそう》することが目標よ！」

「もうなんか、俺《おれ》、『十人委員会』側に回りたいよ！」

「ひゃっほう！ やっぱり、敵がいると盛《も》り上がるぜ！」

深夏がとても盛り上がっていた。真冬ちゃんも、「敵と先輩との、立場の枠《わく》を超《こ》えた友情、そして恋。……いけます！」と乗り気だし。

そして知弦さんなんか、既《すで》にノートパソコンを取り出して、「ちょっと書いてみましょう」と、俺に了承《りょうしょう》もなしで執筆を開始してしまっていた。

＊

「……遂《つい》に生徒会が動き出したか」

暗闇《くらやみ》に包まれた会議室、一本の蠟燭《ろうそく》の炎《ほのお》だけが照明として機能《きのう》する中、アンチナンバー7、《恐喝《きょうかつ》のリキヤ》が鼻をふんと鳴らす。

「愚《おろ》かな……我《われ》らに敵《かな》うとでも思っているのか」

アンチナンバー5、《謀略《ぼうりゃく》のセイ》が、目を閉《と》じたまま嘆息《たんそく》する。

「キャハハハハハ！ でも、タノシそーじゃん！」

アンチナンバー9、《陰口《かげぐち》のミミコ》は心底可笑《しんそこおか》しそうに笑っていた。

そんな中、ゆっくりと穏《おだ》やかな声が場を仕切りなおす。アンチナンバー2、《侵略《しんりゃく》のササラ》だ。

「それでは、《十人委員会》としての対応を決めたいと思います。皆《みな》さん、意見はございますでしょうか」

「潰《つぶ》しちまえ！　ひゃはははははは！」

新人であるアンチナンバー10、《狂犬《きょうけん》のキョウヤ》が机《つくえ》をバンバン叩《たた》きながら笑う。

それを嫌悪《けんお》するような目で眺めながら、アンチナンバー8、《上流《じょうりゅう》のカナミ》が声をあげた。

「そんなもの放置《ほうち》しておけばいいのですわ。所詮《しょせん》は庶民《しょみん》ですもの」

「おい、そりゃあ聞き捨てならねぇなっ」

アンチナンバー4、《貧困《ひんこん》のタケシ》が、いつものようにカナミと口論《こうろん》を開始する。

二人の口論を、アンチナンバー3、《潔癖《けっぺき》のアカネ》がうざったそうに止めた。

「はいはい、いいからいいから。ササラさんもさぁー。どうせこのメンバーじゃ会議になんてならないんだから、いつものように決めちゃおうよ」

その意見に、ササラは頷《うなず》く。最初からそうなることを予想していたかのようだ。

「分かりました。ではいつものように……ナンバー1、我らが主《あるじ》に決定を仰《あお》ぐとしましょう」

その途端《とたん》、今まで喧騒《けんそう》に包まれていた会議室に静寂《せいじゃく》が戻る。てんでバラバラなこの集まりだが、ただ一点、「ナンバー1には絶対服従《ぜったいふくじゅう》」ということだけは、確かな規律《きりつ》だった。

上手《かみて》の席で今まで沈黙《ちんもく》を守っていた存在……アンチナンバー1、《悪夢《あくむ》のナターシャ》が、その凛《りん》とした、それでいて女性らしさに満ちた柔《やわ》らかい声を響《ひび》かせる。

「こちらから仕《し》掛《か》けることはしません。しかし、あちらからアクションがあった場合、各々《おのおの》、全力をもって、《十人委員会》の恐《おそ》ろしさを相手に刻《きざ》みつけなさい」

『はい！』

「以上。それでは……今日は解散《かいさん》としましょう」

その一言で会議は終わり……そうして、会議室には、ナターシャのみが残る。

彼女は、一人だけの空間で、「ふふふ」と微笑《ほほえ》んでいた。

「……杉崎鍵。……貴方《あなた》は、私だけのモノ。うふふふ……」

蠟燭に近寄りすぎた蛾《が》が、音もなく燃えていた。

＊

「っていう感じで、どうかしらアカちゃん」

「OKよ、知弦」

「どこがだ――――――――――――――――――！」

知弦さんがパパッと書いた原稿《げんこう》を読み、俺は絶叫《ぜっきょう》していた。っていうか、なんで他のメンバーが満足げなのかが分からない！

「んもう、なによ、杉崎。なにか問題あるとでも？」

「ありまくりですよ！　っていうか、もう、完全に敵対《てきたい》関係じゃないですか！」

「敵だもん」

「生徒だろうがっ！　最終的に仲間にするんでしょう？」

「盲点《もうてん》だったわ」

「どこまで見失えば気が済《す》むんだアンタは！　っていうか、知弦さんも！」

「え？」

「なんで『自分は関係無い』みたいな顔してるんですかっ！　貴女《あなた》が書いたんでしょうが、これ！」

「まあ、そうだけど。なに？　キー君、どっか直してほしいの？」

「どこかと言わず、全部直してほしいです！」

「ふむ……。ごめんなさい、キー君。私、どこがいけないのかまるで分からないわ」

「なんでですかっ！　じゃあ言いますけど、そもそも、『アンチナンバー10』やらなんやらの時点で、もう駄目《だめ》ですよ。しかも《恐喝の〜》とかの通り名もいらないし！」

「だって、ラノベよ？」

「だとしてもです！　いや、それ以前に、彼らは組織《そしき》でさえないでしょう、現実では！」

「分からないわよ。密《ひそ》かに、団結《だんけつ》しているかも」

「く……。じゃ、じゃあ、最後の設定はなんですか！　なんか、俺めっちゃ狙《ねら》われてましたけどっ！」

「新《あら》たなヒロインの予感がして、いいじゃない」

「よくないです！　なんか病《や》んでそうでしたよ！」

「ヤンデレというのも、最近は流行《りゅうこう》よ？」

「いらないですよ！　背筋《せすじ》の震《ふる》えが止まらないですよ！　っていうか、俺、そんな因縁《いんねん》ある生徒いませんから！」

「さて、それはどうかしらねぇ」

知弦さんが「くく」と怪《あや》しげに笑う。……うぅ、この人が書くと、本当にフィクションなのか分からないから怖いんだよな……。

まあ……《十人委員会》はともかく。

「じゃあ、まあ……お悩みを抱えた生徒の手助けっていうのが、シリーズ通しての目標ってことでいいですか？」

俺の確認《かくにん》に、会長が「うむっ！」と偉《えら》そうに頷《うなず》く。

俺がすっかり疲れてぐったりしていると、流石《さすが》に会長も譲歩《じょうほ》する気になったのか、探《さぐ》るように俺を見つめてきた。

「ええと……じゃあ、杉崎の案って、なにかあるの？」

「え？　言っていいんですか？」

「まあ……仕方ないわね」

あからさまにイヤそうな顔をしながら、会長は頷いた。会長以外のメンバーも、皆苦笑気味だ。……いいさいいさ。どうせ、分かりやすい男さ。真冬ちゃん並《なみ》に、妄想《もうそう》が分かりやすい男さっ！

俺は開き直り、胸をむんと張り、自分の主張を告げる。

「生徒会シリーズは二巻以降、毎回俺とヒロインの濡《ぬ》れ場《ば》があります！　一巻につき一人ずつ！　最終巻ではまとめて！」

「官能《かんのう》小説じゃない！」

即座《そくざ》に反対されてしまったが、気にせず主張する。

「最近のライトノベルは、結構際《けっこうきわ》どいのもＯＫな風潮《ふうちょう》があります。バリバリ肉体関係出てくるライトノベルも珍しくありません！」

「実名小説でそれはまずいでしょう！　しかも学生！」

「…………。フィクションですから」

「なんか主張曲げたよね⁉　今、軽く主張曲げたよね⁉」

「どうせ小説なんですから。軽くフィクション可って言ったじゃないですか、会長」

「軽くないじゃない！　重いじゃない！」

「じゃあ、濃厚《のうこう》じゃない濡れ場でいいです」

「そういう問題じゃない！　濡れ場そのものが駄目《だめ》なの！」

「えぇー。……分かりました」

「分かればいいのよ……」

「創作キャラとの濡れ場ならいいんですね？」

「……杉崎。それはなんか……こう……とても悲しくない？」

「うっ」

売り言葉に買い言葉で言ったはいいものの、確かに、とても悲惨《ひさん》な気がした。妄想キャラと自分の濡れ場……。…………。

「い、痛くなんかないやいっ！」

「そんな、涙目《なみだめ》で言われても……」

「絵師《えし》さんにすんげぇー美少女描《か》いてもらうもん！　夢《ゆめ》は、ドラマCD化だもん！　声優《せいゆう》さんにあえぎ声出してもらっちゃうもん！『鍵、ああ、鍵っ！』みたいな！」

「そんな仕事誰《だれ》も受けないわよ！」

「その場合は、初音《はつね》○クでもOKです！　えっろえろにしてやんよ！」

「あぁ、杉崎がどんどん小さく見えていく……」

会長が、憐憫《れんびん》の視線《しせん》で俺《おれ》を見ていた。……くっ。

「俺の卑語《ひご》（卑猥《ひわい》な言葉）の語彙《ごい》は尋常《じんじょう》じゃねえ！　俺にかかれば、とんでもなく濃密《のうみつ》な濡れ場描写《びょうしゃ》も可能となるのさ！」

「へぇ……それは興味《きょうみ》あるわね」

向かい側から知弦さんがからかうように言う。俺はその挑発《ちょうはつ》に乗り、早速《さっそく》執筆を開始してやる。

相手の名前は……うん、仮《かり》に、くりむとしておこう。

「だから、なんでくりむなのよ！」

＊

「あん、気持ちいいわ……鍵」

「ふふふ……俺のテクニックにくりむもメロメロだな」

俺の……ええと、こう、エロエロな指が、くりむの……ええと……その、エロエロな部分に、エロエロな動きで迫《せま》ったり迫らなかったりする。

「ああ、なんだか分からないけど、色々絶妙《ぜつみょう》よ、鍵！」

「ふふふ……こんなもんじゃないぜ、ええと、俺の……色々は！」

俺の……エロエロな吐息《といき》が、くりむの、エロエロな吐息とまざったりする。

くりむはとろんとした目で俺を見た。

「良かったわ、鍵」

「おう」

＊

「どうだっ！」

「何が⁉」

会長が呆気《あっけ》にとられている。うん？　反応《はんのう》がおかしいな……。ああ、そうか。照《て》れ隠《かく》しか。

「俺のあまりに濃厚《のうこう》でねっとりとした描写《びょうしゃ》に、会長も興奮《こうふん》を隠せないでしょう？」

「なわけあるかっ！　っていうか、何一つ場面がイメージ出来なかったわよ！」

「ええ？　あんなに濃厚で的確《てきかく》な描写したのに？」

「エロエロを連呼《れんこ》しただけでしょうが！」

「馬鹿な……。会長には、この、夜も眠れなくなってしまうような熱気が伝わらないと？」

「私どころか、誰にも伝わらないわよ！」

「ば、馬鹿《ばか》なっ！　俺の語彙はそんなにも貧困《ひんこん》だったのか！」

「気付かなかったの⁉」

そ、そういえば、エロゲをプレイしても、いつも恥《は》ずかしくて「そういうシーンは」クリック連打《れんだ》で飛ばしていた気がする。……なんてこった！

俺がうな垂《だ》れていると、知弦さんが「まあまあ」と慰《なぐさ》めてくれる。

「キー君はちょっとアレすぎるけど……。元々《もともと》、そういう描写って、思っている以上に大変なものなのよ。通常生活じゃ絶対使わないような卑語をたくさん知っていないと……。官能《かんのう》小説を馬鹿にしてはいけないわ。アレは、誰にでも書けるものと思ったら大間違いなのよ、キー君」

「うぅ……そうだったのか……」

しかし、それをなぜ知弦さんはよく知っているのだろう？　顔をあげると、既《すで》に知弦さんは視線を逸《そ》らしていた。……なんとなく、知弦さんなら余裕《よゆう》で濡れ場書けるんじゃないかと思った。……うわ、読みたい！

そうして俺が一人のたうち回っていると、会長が仕切り、会議が勝手に進んでいく。

「じゃあ、杉崎の意見は当然却下として……。方針《ほうしん》としては、生徒のお悩み解決をネタに、シリーズを続けていくってことでいいかしら？」

『異議《いぎ》なーし』

「じゃあ……今日はこれにて解散《かいさん》。あ、杉崎は、また執筆お願いね。勿論《もちろん》、濡れ場は入れちゃ駄目よ……って、まあ、書こうとしても無理なことが証明されたか」

「うぐ……」

俺がダメージを受けていると、真冬ちゃんが帰り支度《じたく》を始めながら声をかけてきた。

「杉崎先輩って……言動《げんどう》がアレな割《わり》には、中身は意外と子供のままですよね」

「ぐっ！」

「鍵は本能に忠実《ちゅうじつ》すぎて、精神年齢《ねんれい》は逆に低いんだよ」

「うぐぐっ」

「キー君……。……かーわい」

「ぎゃあ！」

知弦さんにトドメを刺され、机にぐったりと突《つ》っ伏《ぷ》す。

そうしていると、生徒会メンバーはゾロゾロと部屋から退室《たいしつ》していき、最後に、ドアを閉《し》めながら会長がこちらをチラリと見た。

「杉崎……。…………。…………」

ガシャン。

「憐憫《れんびん》の視線と無言《むごん》が一番痛《いた》いっ！」

そうして、生徒会室に一人残された俺は。

「………『冒険《ぼうけん》する生徒会』……っと」

夕闇《ゆうやみ》の中でカタカタと一人虚《むな》しく、執筆に着手《ちゃくしゅ》する。

十分ほど作業を続け、ふと、あることに気付いてしまう。

……恐《おそ》ろしいことに。

いつもの日常を描き始めた途端《とたん》、筆《ふで》が進む進む。言葉がぽんぽん溢《あふ》れ出してくる。濡れ場は、あんなに苦労したというのに。

「まいったなぁ……」

一人、苦笑する。

結局。

なんだかんだ言って俺は、下手《へた》なエロ要素《ようそ》なんかよりも、この日常の方がよっぽど気に入っているらしい。まいったね、ホント。

夕暮《ゆうぐ》れに染《そ》まる生徒会室の中。

ピアノを奏《かな》でるような滑《なめ》らかなキータイプの音に、俺は即興《そっきょう》の鼻歌を合わせて、上機嫌《じょうきげん》に執筆を続けるのだった。

私立碧陽学園生徒会

Hekiyoh School student council

あとがき

あとがき十一ページですって。どうしましょうね。「そこまで作者に興味《きょうみ》はねえから、その分本編書けよお前」という声はごもっともすぎて困《こま》るのですが、こればっかりはページ調整の関係もあるので、許してやって下さい。

そんなわけで、葵《あおい》せきなです。シリーズの二巻ですが、初見《しょけん》の方は初めまして。前作や「生徒会の一存」からお付き合い頂《いただ》いている方は、お久しぶりです。

この度は生徒会シリーズ第二巻「生徒会の二心《ふたごころ》　碧陽《へきよう》学園生徒会議事録2」を手にとっていただき、ありがとうございました。

……今気付きましたが、このシリーズ、タイトルの正式名称を書き連ねるだけでかなり文章量稼《かせ》げる気がします。これはしめたとばかりに今後連呼《れんこ》していきたいところですが、担当さんの額《ひたい》に血管が浮かぶ事態《じたい》は勘弁《かんべん》願いたいので、やはりやめておきます。今後はちゃんと省略《しょうりゃく》していきます。

さて二巻ですが、既《すで》に読了《どくりょう》された方は楽しんでくれたでしょうか。二巻を読んでくれているということは、恐《おそ》らく一巻も読んで下さっているでしょうので、この作品に一定の理解は示してくれているものと信じております。……信じておりますが、それでも、やはり例の如《ごと》くアレな内容ですので、作者としてはかなりハラハラもしております。

特に、一巻の「妄想《もうそう》で口絵」も相当な冒険《ぼうけん》でしたが、二巻の「十八禁まがい口絵」も負けず劣らずぶっ飛んでいるので、作者は自分の社会的地位が心配でなりません。

……と言いつつ、誰《だれ》よりもあの絵を喜んだのは紛《まぎ》れも無い私であり、あのシーンを書いたのも私なのですが。……担当さん、狗神《いぬがみ》さん……グッジョブ！　絶対、絶対、言葉では言わずとも私を含《ふく》めた男子読者の九割以上が、貴女《あなた》達に感謝《かんしゃ》していますよ！

この流れでもう一つだけ、二巻におけるフォローを入れさせて貰《もら》います。少しだけ内容に触れちゃいますが、ネタバレというほど大袈裟《おおげさ》なことでもないので、未読の方もお付き合い頂けると幸いです。勿論《もちろん》、ここで一旦《いったん》引き返して、本編読んじゃうのも手ですので、その辺はご自由にご判断《はんだん》下さい。

それでは本題。

二巻では、とある新キャラクターが軽く登場していたりします。本編読了後の方には、「ああ、あいつね」とこれだけで伝わってくれているかと思いますが。

このキャラクター、実は前作「マテリアルゴースト」にも顔を出していたりします。つまり、一種のファンサービス的要素ですね。

ですが、前作読んでない方、どうぞご安心下さい。あくまで前作は前作、今作は今作です。このキャラクターに関しても、今作での役割は完全に別物《べつもの》ですので、普通に新キャラとして受け取って下さると、ありがたいです。むしろ、変に前知識ない方が楽しめる部分もあるぐらいで。

普段のネタ会話で、一冊で一言ぐらい前作ネタが出てくることはありませんが、裏《うら》を返せば、繋《つな》がりなんてその程度のものです。あくまで、いつもの他メディアネタと同じく「知っていると若干《じゃっかん》伝わる」程度のことですので、「前作読まなきゃいけない」的な受け止め方はしないで頂けると、ありがたいです。

まあ、長い人生、同じ人間が全く別の物語にそれぞれ絡《から》むこともあるってことで。つまり、前作における環境《かんきょう》・物語や登場人物とは、全く関係ないということです。

学生で例えるといいかもしれません。同じ友人関係でも、学校でのクラスメイトと、バイト仲間、部活仲間、あるいは塾《じゅく》の友達連中というそれぞれのコミュニティに、自分という要素以外特に繋がりが無い、みたいなことあると思います。まさにそういう感じ。

ですから、このキャラクターの他の知人・友人達や、そっちで巻き込まれた物語がどうしても知りたい場合に限り、前作を読んで頂いたらいいかと。

ふぅ。

　そんなわけでフォローでした。いや、サービスするのはいいのですが、それで誰かの興を削《そ》いでは元《もと》も子もないですからね。

　……と言いつつ、そもそも普段からネタ会話でかなり人を突き放しているので、なんか今更《いまさら》すぎる配慮《はいりょ》ではありますが。

　さて、困りました。今回のあとがき、このフォローだけが「ちゃんとやっておくべきこと」でしたので。あとはもう、書くことないのですよ。

　そのくせ、ページ数はまだ半分も消化していません。なんだこれ。

　あ、次回予告しておきましょう。

　三巻。生徒会の三振《さんしん》。夏発売予定。内容は、ギャグです。

　終わりました。……どうしましょう。強調のためと見せかけて行数稼ぐ目的が丸見えの改行をいれても、三行です。仕方ないので、もうちょっと頑張《がんば》って、突《つ》っ込んだ紹介しておきます。

　三巻では、生徒会役員が駄弁《だべ》ります。生徒会室で、ただただ駄弁ります。

杉崎がエロ発言をします。会長がパクリ名言を言います。知弦が妖艶《ようえん》に微笑《ほほえ》みます。深夏が熱血を叫びます。真冬がボーイズラブとゲームに熱中します。

……おしまい。冒頭《ぼうとう》を「○巻」とすることで、どの巻にも適応《てきおう》できるんじゃないかと思ったそこの貴方《あなた》。そのことは、そっと心の奥《おく》にしまっておいて下さい。次の巻のあとがきで同じような文章を見かけても、柔《やわ》らかく微笑んで、本を閉《と》じてやって下さい。

ちょっとだけ真面目《まじめ》に予告しておくと、ここだけの話、相変《あいか》わらずギャグはギャグですが、「シリーズ要素」に大きな動きがあります。かといってガラッとシリアスになっちゃうわけではないのですが、「おっ」と思う場面や、伏線《ふくせん》に関するちょっとしたスッキリ感は得《え》られるかと思いますので、三巻も是非《ぜひ》手にって下さると嬉しいです。ある意味、最初のクライマックスがありますので。

三巻だけに限らず、今後の展開《てんかい》としても一つ言えることは、どんなに終盤《しゅうばん》になろうとも、このノリやギャグ配分は一貫《いっかん》していくということです。もしその辺を心配している方がいらっしゃったら、どうぞご安心下さい。生徒会は、最後まで生徒会を貫《つらぬ》きますから。

その他の予告としては、来月（五月二十日発売）のドラマガに、番外編小冊子がついたりします。

杉崎《すぎさき》や深夏《みなつ》の在籍《ざいせき》するクラスを描《えが》いた、いつもと違《ちが》う物語です。そもそも、主人公からして違います。碧陽学園のちょっと違う側面《そくめん》を見てみたい方は、是非読んでみて下さい。生徒会とは違う、また別の青春学園生活（？）が楽しめると思います。

ふむ……予告関連まで終わってしまいました。これはいよいよもって、ピンチです。

生徒会シリーズの裏話でもすべき場面なのでしょうが、一月に始まってまだ三ヶ月のこのシリーズ、言うほど制作秘話《ひわ》的なものがあるわけでも……。

…………でっちあげるか。

この物語の執筆背景が、例えば……手術を怖《こわ》がって拒否《きょひ》している少年に対し、

「お兄さんがもし……一つの部屋だけで進行し、そして、ただただ駄弁るだけという小説を出版出来たら、キミも手術を受けてくれるかい？」

「そ、そんなこと出来るわけないやい！」

「じゃあ、約束でいいね？」

「……いいよ。でも、絶対出来るわけない！」

「ふふふ……指きり、したからね。実現したら、ちゃんと手術、受けるんだよ」

「う、うん。わかったよ！」


的な約束をする美談《びだん》だったら、私の好感度うなぎ上《のぼ》りじゃないですか。

まあ、そんな事実はありませんが。そもそも、少年の手術受ける受けないを、両親不在の中、怪《あや》しい作家さんにそんなことで決められたんじゃたまったもんじゃありません。

仕方ないので、他にも、一応色々それっぽい設定を考えてみます。

「実は私は極道《ごくどう》で、マテリアルゴーストを書いた直後に『堅気《かたぎ》に戻《もど》らせてくだせぇ』と組長に持ちかけたところ、『てめぇの覚悟を測《はか》らせてもらうぜ』と言われ。最終的には幹部《かんぶ》それぞれの出した条件を全《すべ》て組み込んだ小説を出版すればいいことになりまして。その条件というのが『室内』『駄弁り』『ハーレム』だったという……」

なんかそれは、逆に言わない方がいい裏話の気がしてきました。これじゃ駄目《だめ》です。

「世界を救うためには、生徒会室を舞台にした小説を書かないといけないんだ！」

風が吹けば桶屋《おけや》が儲《もう》かる的な、関連性が容易《ようい》には想像出来ない設定です。

「大病《たいびょう》を患《わずら》っていた恋人《こいびと》が、『葵君……書いて。私のことはいいから……生徒会のことを……書いて』という遺言《ゆいごん》を残して亡《な》くなってしまい……」

なんか、むしろその話をケータイ小説化でもすべきな気がしてきました。

「ある日、神からの啓示《けいじ》を受けたのです」

こんな物語を書けと指令するヤツが神様やっていていいのでしょうか。そして、私の頭は大丈夫なのでしょうか。色々不安になる背景です。

なんか、今のところどうも全部他人発信の設定ですね。だから駄目なのでしょうか。もっと、自分発信の理由の方が良さそうです。それも、とても作家っぽい……。

「私はこの作品を通じて、世界から紛争《ふんそう》をなくしたいと考えているのです」

みたいな。偉大《いだい》です。内容と思想が噛《か》み合っているかはさておき、偉大です。

「ノーベル文学賞は当然視野《しや》に入れて執筆《しっぴつ》してますよ、ええ」

恐らくインタビューでの発言です。視野に入れるだけなら、いいじゃないですか。

「今は亡き我《わ》が心の師《し》、アルベルト・アインシュタインに捧《ささ》げます」

捧げるだけなら勝手じゃないですか。捧げられた方がどう思うかはさておき。

「子供達の笑顔のために、私はこの物語を書いたのです（ニコリ）」

なんて優《やさ》しさに満ちた葵さんでしょうか。これまた内容と噛み合っているかはさておき。

……うぅむ、どうもしっくりきませんね。なぜでしょう。

今ひとつ私やこの作品に似合いません。そりゃ妄想で語っているので似合うはずないのですが、それでもここまでとは。

結局は私が、「楽しければそれでいいや」という、身《み》も蓋《ふた》も無い考え方の人間だからでしょうね。不真面目です。本人的には「真面目に不真面目に取り組む」姿勢《しせい》でいるつもりですが、やっぱり本質は不真面目なんでしょうね。

そんなこんなで、ここまでかなりいい加減《かげん》なあとがきを書いてしまったので、一つぐらい真面目に裏話しておくと。

生徒会シリーズは意外と、かっちり生徒会室のみで話が進んでいるわけではありません。たまに廊下《ろうか》に出ていたり、玄関《げんかん》にいたりと、地味に外をうろついてはいます。

これには色々理由があるのですが、その一つとして、無理に「枠《わく》」を作りすぎて物語の本質を損《そこ》ないたくないというのがありまして。

だから、一巻のラジオの回や、ドラゴンマガジンでの番外編等、変わった構成のものを挟《はさ》んだりするのも、そういう理念からだったりします。スタイルやら枠云々《うんぬん》より、面白いこと最優先《さいゆうせん》なのですよ。

……よし、ちょっと作家っぽいこと語りました。これであとがきの役目は大体果たした気がします。

それでは、最後は謝辞《しゃじ》を。

相変わらずこの物語の異様なテンションを理解し、それどころか時に私以上に暴走《ぼうそう》して下さる担当さん。私を嗜《たしな》めるどころか「もっとやって下さい」と煽《あお》るその姿勢《しせい》は、編集者として正解なのかどうか甚《はなは》だ疑問（笑）ですが、私はとっても感謝《かんしゃ》しております。いつも、本当にありがとうございます。

そして、いつもとんでもない妄想《もうそう》シーンを素晴《すば》らしいイラストに仕上げて下さる狗神煌《きら》さん。前述しましたが、あがってきたイラストを見ていつもニヤニヤさせて貰っています。毎回自分の想像より一歩も二歩も先の構図を見せてくれるため、イラストに触発《しょくはつ》されて執筆することも多いです。二巻も、ありがとうございました。これからもよろしくお願い致《いた》します。

そしてなにより、一巻に引き続き、二巻も手にとって下さった読者様。こんな妙な物語に付き合って頂き、本当にありがとうございます。一巻、二巻と楽しんで下さった方々を、今後更に楽しませられるよう努力して参《まい》りますので、これからもお付き合い頂けると幸いです。

うん、なんだかんだで、十一ページ書ききりましたね、あとがき。

改行少ないせいか、妙に苦労しています。しかも、なぜか本編以上にリライトしまくっていますよ。長いせいで、すんごく奇妙な方向に話が飛び始めたりして。現状でさえかなり横道逸《そ》れたあとがきですが、元々《もともと》はそれ以上に大変なことになっていましたからね。

それでは、三巻のあとがきページ数が丁度《ちょうど》いい塩梅《あんばい》であることを祈《いの》りつつ。

葵　せきな

富士見ファンタジア文庫

生徒会《せいとかい》の二心《ふたごころ》

碧陽学園生徒会議事録 2

平成20年 4 月25日　初 版 発 行
平成22年 3 月20日　十五版発行

著者——葵《あおい》せきな

発行者——山下直久

発行所——富士見書房
〒102-8144
東京都千代田区富士見1-12-14
http://www.fujimishobo.co.jp
電話　営業　03(3238)8702
　　　編集　03(3238)8585

印刷所——暁印刷
製本所——BBC

2008 Fujimishobo, Printed in Japan
ISBN978-4-8291-3278-4 C0193